风起江南　　陆春祥／主编

羊未的一天

孙　缨／著

文汇出版社

图书在版编目(CIP)数据

羊未的一天 / 孙缨著. —上海：文汇出版社，
2021.1
ISBN 978-7-5496-3358-6

Ⅰ.①羊… Ⅱ.①孙… Ⅲ.①散文集–中国–当代
Ⅳ.①I267

中国版本图书馆 CIP 数据核字(2020)第 271748 号

羊未的一天

著　　者 / 孙　缨

责任编辑 / 吴　华

装帧设计 / 力扬文化

出版发行 / 文匯出版社
　　　　　上海市威海路 755 号
　　　　　(邮政编码 200041)
经　　销 / 全国新华书店
排　　版 / 成都力扬文化传播有限公司
印刷装订 / 成都兴怡包装装潢有限公司
版　　次 / 2021 年 1 月第 1 版
印　　次 / 2021 年 1 月第 1 次印刷
开　　本 / 880×1230　1/32
字　　数 / 180 千
印　　张 / 7

ISBN 978-7-5496-3358-6
定　　价 / 58.00

总序：千万和春住

陆春祥

1.

11 世纪下半纪的北宋，春末江南，在越州任职的王观，要送一位朋友回浙东，朋友叫鲍浩然，满树清叶，香味扑鼻，江南春色撩人心魄，王观吟出了新奇的《卜算子》送别词：

水是眼波横，山是眉峰聚。欲问行人去那边？眉眼盈盈处。

才始送春归，又送君归去。若到江南赶上春，千万和春住。

鲍兄呀，您要去哪里呢？是不是前面远方的山水间？那水，如美人流动且顾盼的眼波；那山，如美人蹙促且凝结的眉毛，浙东山水，让人满心欢喜，您应该心情大好才是。今天，我送春又送友，但一切都是短暂的，春去春又归，兄去兄再来。兄下次来时，千万要赶着春的脚步，我们拥春入怀，我们一起留住春天！

2.

江南的春，千种态，万种色，古往今来，无数文人为之倾慕，为之吟咏。而浙江的山水，恰如王观所绘，皆在眉眼盈盈处，精致而妩媚间，透显出不露痕迹的英气。

金"文"字形的四条山水诗路带，将整个浙江变成了诗与画。

那些生动的诗文，将浙江大地编织成五彩的经纬。左长撇，大运河诗路、钱塘江诗路：千年古韵，江南诗路，风雅钱塘，百里画廊。右长撇，右长捺，浙东唐诗之路：兰亭流觞，天姥留别。左捺，瓯江山水诗路：山水诗源，东南秘境。毫不夸张说，浙江山水的筋骨和表皮，就是一首首诗文的颂歌。

单说浙东唐诗之路。

从地理角度观察，"浙东唐诗之路"的干线和支线，自钱塘江畔的西陵渡（现在叫西兴）开始，过绍兴，经浙东运河、曹娥江至剡溪，至天台的石梁。新昌的天姥山景区、天台的天台山国清寺等均是精华地段。支线还延续至台州以及温州，跨越几十个县，总长达千余里。

从诗歌史上统计，"浙东唐诗之路"，有 451 位诗人，留下了 1505 首诗篇。我们再将这些数字立体化：《全唐诗》收载的诗人 2200 余人，差不多有 1/4 的诗人来过浙东；唐时，浙东的面积只占全国的 1/750。还有一个数字，《唐才子传》收录才子 278 人，上述 451 人中就有 173 人。众多的诗人，还是高水平的诗人，为什么如此集中地歌唱这片窄窄的山水呢？

仅凭浙东浓郁的魏晋遗风，就让这批诗人如过江之鲫，纷纷而来。

活跃在政治、文化、道教、佛教舞台上的许多人物，都在这片土地上居住着，他们犹如魏晋星空中闪亮的明星，耀照大地。旧史有称："今之会稽，昔之关中。"说的就是能够影响东晋政局的士族，而这些士族，有许多都居住在会稽。干宝、郭璞、谢安、谢道韫、谢玄、谢灵运、王羲之、王献之、曹龙、顾恺之、戴逵、葛洪、王导、桓温，人人有名；政治家、军事家、玄学家、文学家、书法家、画家、天文学家，家家有名。

另外，"佛道双修"的"山中宰相"陶弘景，隐居天台山与括苍山多年；著名道士司马承祯在天台山隐居三十年；高僧智顗，集南北朝各佛家学派之大成，在天台山南麓国清寺创立天台宗；高僧支遁，在剡中沃洲创立著名寺庙。

谢家的两位，谢安和谢灵运，让李太白醉倒得五体投地，一曲《梦游天姥吟留别》，将浙东唐诗之路高腔定调。我仿佛看见，唐代的天空下，一个个诗人，在李太白美梦的召唤下，涉水爬山，神情笃定地行走在来浙东的路上。

还有浙西唐诗之路。

船经富春山，永嘉太守谢灵运，看见四百岁的严光，高坐在钓台上，悠闲地看天，看鸟，看云，无比羡慕，一连写下数首敬仰的诗，《富春渚》《夜发石关亭》《初往新安至桐庐口》《七里濑》，他敬仰高士，他敬仰富春江山水，他的诗，开了中国山水诗的先河。

谢的山水诗，对唐代的众多诗人，又是另一种指引，据董利荣先生的不完全统计，向严光表达敬意的唐代诗人就有七十多位，洪子舆、李白、孟浩然、孟郊、权德舆、白居易、吴筠、李德裕、张祜、陆龟蒙、皮日休、韩愈、吴融、杜荀鹤、罗隐、韦庄，包括曾在睦州做过官的刘长卿、杜牧，隐居桐庐的严维、贯休，还有桐庐籍诗人方干、徐凝、施肩吾、章八元、章孝标、章碣等，是他们，织起了一条绚烂的唐诗西路，诗人们借景抒情，借人抒怀，严光在桐庐富春山的钓台，几成了赛诗台。

这还只是说了唐代，还只是说了两条水路。浙江的山水，真的是处处眼波，眉目盈盈。

3.

现在，我们以激情抒写的方式向江南大地，向浙江山水致敬。

王键的《自然物语》，以四季为经，以个人对景色、物候的理解和体验为纬，融以复杂的世相、斑驳的人生、深刻的思索，编织成一个五彩的世界，花鸟虫鱼，晴霜雨雪，物物事事，你就是自然。

沈小玲的《一朵花的神话》，兰花桂花菊花，荷花樱花水仙花，贝雕花瓷器花蓝布花，笑容花旗袍花诗经花，有形花无形花，一花一世界，花朵里有灵性的魂魄，世界中有曼妙的神话。花通华，花朵里也可见一个民族之心性。

孙缨的《羊未的一天》，一日贯四时，四时里均是碎碎的家常。行走的四时，思考的四时，还有延伸拉长时光的四时，先辈的鲜血，家国的情怀，久痛的记忆，深切的怀念，一切皆成四时固定而生动的图符。

邱仙萍的《向泥而生》，极强的比喻象征意义。大地上的一切都是泥土给予，欢笑和浪漫，尴尬和愤怒，悲哀和苦痛，繁荣和衰败，新生和死亡，所有的发生，都在阔大无垠的大地上成了过往。读懂泥土，就是读懂人生。向泥土致敬。

俞天立的《素手调艺》，从铜器石头中读出拙朴，从淡墨线条中读出厚重，从竹艺木器中观出风骨，从各种吃食中品出神秘，百工百器百艺，数千年来中国人的普通日常，中国传统文化的汩汩源泉。素手不素，艺冠天下和古今。

吴合众的《万物藏》，一种新的山海经，二十四节气的哲学化诠释，从一粒种子到一粒种子，时光在新轮回中完成了对大地山河的崇高致敬，而独特的个人体验，又使得轮回的时光生色。天生一，一生水，万物终将归于隐和藏。

4.

江南处处时时都是春天。这个春天过后，很快就会迎来下一个春天，再一个春天，又一个春天，春风骀荡，春水初生，春山永远，只要我们的心里有春，你的眼前便永远都是春天。

在思索的文字中长久停留，抬头远望，远方，远方的远方，又有新的风景升起。

我心春日永驻。

风已起江南，我们再次出发吧。

是为序。

庚子荷月

杭州壹庐

目　录

Chapter 03 | 第三卷 四季

Chapter 04 | 第四卷 故事

Chapter 05 | 第五卷 杂谈

Chapter 01 | 时光

王妈妈

　　每每踏上河坊街，我总是克制着自己，不去向别人描述她以前的样子。

　　因为从人们的眼睛里，我看到的都是如今那个灯红酒绿、古今混杂的古怪街道。街的中间，有一个小型雕塑群，是一群女人和孩子在井边的生活，在现代人中显得怪异和孤立。他们怎么会在这里呢？不，不是这样的。他们应该是在一个墙门里，是个老式的大墙门。墙门里住着几十户人家，都是紧紧挨着，有我的父母、朋友，还有住我家隔壁的王妈妈。

　　我的记忆是从某个午后或黄昏开始的。王妈妈眯着眼与我对坐在门前小竹椅上，开始再一次说起那件往事。她说：你妈妈来我家说，王妈妈啊，帮我抱我家囡囡吧！可别人告诉我说，这个孩子的爸爸是坐过牛棚的，是反革命，你抱了他的女儿，立场就不坚定了！每每说到这里，她便停顿一下，看我露出紧张的神色来，于是将头一抬，索性闭了眼，提高了声音：我说大人的事情和小孩子是没有关系的！我是个家庭妇女，我又没文化，我只晓得养孩子，不管你们这种屁事！说到这里，她斜眼瞄我，见我松了口气，她便得意地笑了，我更是咯咯地笑出了声。那时阳光照着她古铜色的皮肤，高高的颧骨上显出温柔的轮廓，她的头发是天然卷曲的，显得很服帖很利落。

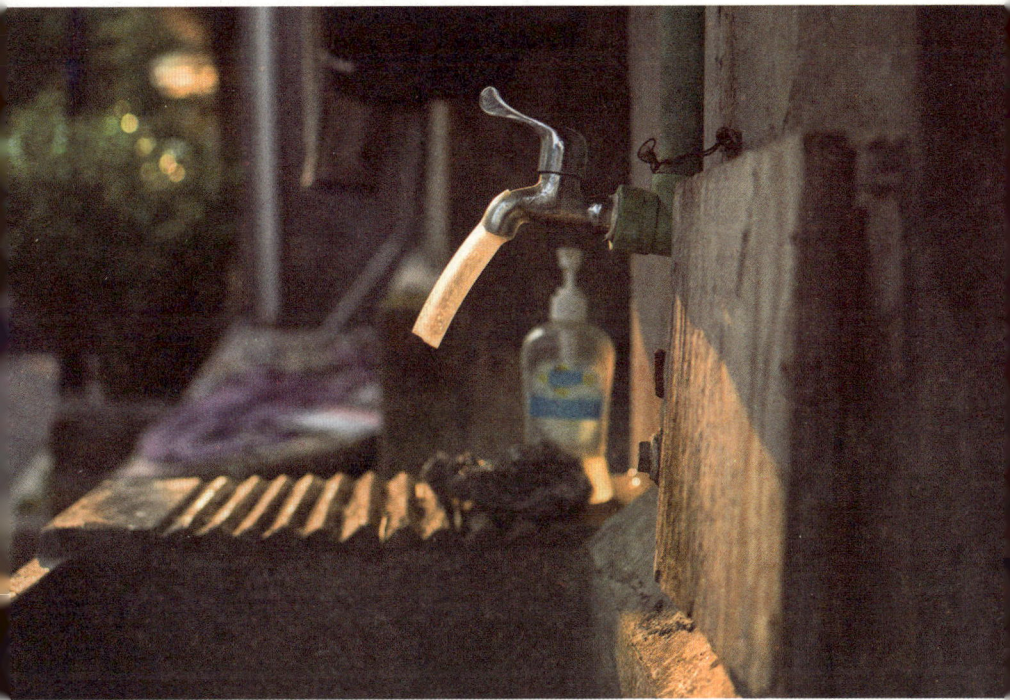

光泽　摄影/茅益民

　　她常年穿着洗得干干净净的蓝布对襟衫，系着灰色的围裙，戴着袖套。她的笑容在那个午后慈爱地散发着特殊的气息，弥漫于整个墙门，深深地印在 1970 年我幼小的心灵里，慢慢地变成一幅木刻，一笔一笔深深的刀印，棱角分明，散发着悠远的木香和暗暗的光泽。

　　后来知道，我刚刚被抱过去时，王妈妈也确实有点犹豫，怕惹祸上身——她实在是个很高傲的人。我猜想在那一天，她突然抱到一个粉团团的小女孩儿，这对于养过四个儿子的她，充满了一种母

性的诱惑。我断定我们之间有着无法言语的关联，让她在一看见我后，便打定主意抱我，并在墙门里扬言她的立场，因为她没文化，出身又好，什么牛鬼蛇神，她统统不放在眼里。

　　我晚上做爸爸妈妈的掌上明珠，白天完全成了王妈妈的小女儿。

河坊街　摄影/茅益民

　　她总是说我不爱吃东西是肠子太细，她四个孩子的壮实身体让我妈妈相信用她的饭菜喂养一定会让我强壮。于是，我开始吃王妈妈烹出的美味。因为孩子多，王妈妈烧菜是一大锅子，一顿饭就一个菜，很多东西都一起煮，吃完了可以再盛，每日里大锅里咕咕地烧着菜，浓香四溢。王妈妈有时也会单独为我开小灶，但她只会煎蛋，而且放很多盐，我一点都不爱吃，偷偷给了哥哥吃，被她知道后大骂一顿，后来怎样便忘了。

我会走会跑后，她便把我交给四个儿子轮着管，我像个野小子似的跟在他们后面，干一些诸如捡捡弹子、牛皮筋之类的活，我学会玩吊环、打羽毛球，每日在墙门里汗流满面地玩疯了。王妈妈对这类事情一概不管，她每天要做很多事情，洗衣、买菜、煮饭，她一刻没的空闲，只是在听到我受了委屈，坏脾气地尖声哭叫时，会拿着手里的家伙，大部分时间是一根长长的竹竿，风风火火地赶来为我出头。她舞着竹竿，大声骂着其他孩子和她的儿子，她固执地永远和我站在一边。因为四个哥哥，我在墙门小家伙堆里的地位非同一般。我可以霸住整株树上跌落下来的梧桐籽，只因为我的四哥正骑在最高的树枝上；我的大哥哥是个理发师，他把我变成墙门里唯一的小卷毛；二哥曾为我打磨一把精致的小秤；三哥在我读高中时为我自制一只日思夜想的画架。二十多年后，我回忆起这段时光，仍有暖暖的感觉，我相信我是在一个最平凡、最简单的家庭里感受到了最深藏不露的爱，这种爱一如无声的潮汐，一次次浸润我幼小的心灵，让成年后的我频频回望那条年代久远的老街。

这样的生活一直持续到我十五岁左右，我们搬家了。王妈妈多次说要来我家看新房，终究未能成行。我忙着自己的生活，少有时间去看她。

五年前，她病了。去医院看她时，她躺在那里，弱小得让人怜惜。

在我的印象里，她的身躯曾是那么强壮，我仍记得当年的她站在家的前面，捍卫着她的家和那几个幼小的孩子，一如老鹰张大了翅膀，而羽翼下，正是她一生的事业——孩子。我曾经和她的孩子紧紧靠在一起，仰望着她，原始的母性的光芒，闪烁在她当年坚定的眼神中，让她的家平安走过20世纪五六十年代，她为着使命拼尽了心血。如今，她仰望着她的孩子们时感到困惑，她觉得自己是那么没用，不能再给孩子们任何的付出。她仍是高傲和自尊的，她不接受孩子的劝慰，不懂生活是可以用来享受的。她握着我的手说：王妈妈没文化，活着没意思。我说：你是我的王妈妈呀！你是最好的妈妈！她笑了，我想她一定没有理解我的意思。我也无法让她知道，她是个多么多么不平凡的母亲。她不会知道，她也许永远不需要知道，因为她只是一个母亲，拥有最最原始的母性。

弥留之际，她应该是听到我们轻声的呼唤。其实我们都知道，她并不留恋生活，生活对她来说，只是艰辛是困苦，是去拼、去争。

她现在要休息了，没有人忍心去阻挠。

水乡悲喜

1937 年的一个初冬的清晨，绍兴东浦镇赏榜村西汇头被浓浓的水汽包围着。清冽的河水倒映着两边泛着青光凹凸不平的石板，石板于是蜿蜒融化在那条曲折的河道里，轻柔地颤动着。雾霭晨光中的平静水乡，在那样一个清晨，吱吱地摇进了一只木船。一个怀抱大铜火璁的五岁小女孩端坐在船尾。她随她的一家，从即将被日本占领的杭州，经过一天的船程，终于来到了这个被期望着有安全、有温饱的应姓老家做短暂的避难。

尽管在以后的很多年里，我的妈妈仍在锲而不舍地和我提起那一个清晨，在她的回忆里，实在是就只有一条木船和那些水道，船上她父母兄妹以及她怀中紧紧抱着的那只铜火璁。70 年后的今天，我的车载着当年船上的应姓后代们呼呼地开进西汇头的时候，我发现那个被我妈妈渲染了很多年都快要滴下水来的水乡竟然这样干燥及温暖。被阳光铺陈着的神秘又亲切的小村，纵横着三条河道，那些河道将小村分成三块，每一片空地与另一片空地近得好像可以跨过去，但又有水深不可测，只得绕着道，河间有高拱的石板桥相连，村间有细长的小巷相通，当年的那个水乡，如今仍是转转回回。

船 摄影／茅益民

我靠在一座叫建新的拱桥边，远远地在看我的大姨。当年木船上十岁的小女孩，如今头发雪白雪白的，穿了件鲜红的夹克，手里拄着一根拐杖。她一到小村，便被好奇的村民围住，她断断续续的记忆被围在身边关切的问候激发得渐渐清晰起来，我远远听得她用中气十足近乎洪亮的声音在不断地提及应家一丝丝沿脉的姓氏，以便那些年纪稍大一些的村民回忆。还有我的舅舅，他深信自己的地理概念，他从下车开始便一直说这边很像那边很像，我看见他穿着深蓝色的呢中山装，被一个热情的村民带领着，在那个弯来弯去的小村里，在桥与巷之间穿行。突然，在两个柴垛间，一个老人放下了手中

2012 年作者于绍兴

的农具，他清晰地吐出了几个字：应彩姑！应该是伊，伊有堂伯父在杭州。他说这话时，只有我和我的小姨在场。小姨当年没能有幸坐在船上，是因为那一年她还未出世。但她以前常为家中整理书信，在那老人吐出那三个字的时候，我的小姨，我想她肯定曾经亲手写过的三个字，她记忆中一定还有那个泛黄的信封，那上面赫然写着的应该就是这三个字！她屏气回身似要寻找她的兄长们，继而突地

迸发一声呼唤："阿哥阿姐哎，寻到哉！"

这声音划破水乡的宁静，让混沌而热情的水乡又被当年的雾气渐渐弥漫，我分明看见那只弯弯的木船终于冲破了层层雾霭，轻轻地靠上了西汇头应家自家的船埠头。应家男人撩起长衫首先跳上了岸，接着是应郭氏，然后是一个身形矫捷的应家长子，接着孩子们一个一个被牵拉着上了岸。应家长子他在那次举家避难不久便回杭投身抗日，四年后为国捐躯，我和我的小姨都无缘与他谋面。但我们都分明看见 1937 年寒风中那张冷峻而清晰的脸，那正是杭州的云居山烈士纪念馆中陈列着他年轻的照片，那容颜曾被我们久久注视，隔着玻璃轻轻抚摸。

2005 年 4 月摄于绍兴东浦镇赏榜村西汇头

应彩姑已是作古，她的后代仍住在这个小村里。现在我的长辈们正一个个小心地被搀扶着走过我的身边，他们要翻过建新桥，去他们的堂侄子家团聚。堂侄子已搬出了那个小水乡的中央，在一处宽阔的大路边造了三层高的新楼。我本来只打算让我的妈妈辈们在这里随便走走，看看那些念叨多年的记忆中的水乡顺便自己也拍些水乡风情照权当一次随兴的旅行，但现在我的两只眼睛分明看到事态的发展一如戏剧的高潮，锣鼓似乎咚咚而来。我手忙脚乱地收拾我的摄影器材，大包小包地去追赶我的脚步细碎但此刻又健步如飞的大姨舅舅妈妈小姨们。路上仍有村民关切地问怎样了，我发现自己这么有力地走在一条只容一人过的小巷里，大声地学着乡音说："寻到哉寻到哉！听说是锦堂屋里哎！"

于是，我远远地就看见那个漂亮小楼里出来一个被称作锦堂阿嫂的女人一把抓住了我的大姨，她喊到姆娘我想煞你们哉！那年我来杭州寻过你们的啊……整个小村沸沸扬扬，不久，我应该唤作堂兄还是表兄的锦堂终于出现了，他划着乌篷小船，从劳作的田里沿着水路向家疾行而来……

人间一幕之悲喜，被我远远而来的堂兄身后的那一道水路，倒映得曲曲折折，千回百转。那水路上的拱桥，隐约着前辈们沉重的步伐，无数的细节，渐渐被岁月掩去，只剩得那一声："阿哥阿姐哎，寻到的嘞！"

羊未的一天

羊未的一天是从八点半开始的。这时候，太阳已经升起来了，公寓的楼下稀稀落落的几个老人和小孩，羊未在那个时点，准确地钻进自己的车里，发动，倒车，转弯，她的车在每一个安静的上午，静静地驶出她的小区。

供羊未吃住花销的公司在城的中心。为了到达那里，羊未必须穿过两个隧道，因此每当那个美丽的吉庆山和五老峰被羊未的车急速穿透，羊未的心里总是充满着感激，因着它们，羊未与城市接近了。第一个红灯，羊未开始喝牛奶，喧嚣的车队紧紧挤在一起，单等那个绿灯让他们一起奔向城市；第二个红灯，羊未拿出了化妆包，粉底、眼影、眉、唇。

在羊未驶入北山路的时候，她基本上是一个美丽的女人了，她关掉了那个不停说着路况的频道，这时候该听 CD 了，她听到刀郎在用力地唱："我已准备，为你的爱举起祝福的酒杯，希望你得到真的幸福……"刀郎的声音，像来自草原的一把弯刀，羊未的眼睛看着窗外，北山路和音乐都出现的时候，羊未那个固执的幻想便出现了。

其实，那个幻想仔细想来更像一幅画。画的主题是一个健壮的农妇，正用腰顶着一个小圆筐走向一幢木屋，木屋有精致的小窗，

北山路　摄影／茅益民

里面挂着粉色的麻布窗帘，窗台上放着盛开的草花，木屋的烟囱正有淡淡的烟飘着，那是木屋里的壁炉正在熊熊地燃烧。木屋外围是一转长廊，长廊宽宽的，有老人坐在原色的木摇椅上，还有男人正在方桌前喝着咖啡，男孩女孩坐在木屋边的台阶上，争论着哪一朵云看上去更像一只羊。农妇走上木屋的台阶，将刚出炉的一圆筐烤饼干放在桌上，孩子们兴奋地跑过来，他们一起坐下了，交谈声传到画的外面，清晰又模糊。很蓝很蓝的天空是画的背景，白云下是

一片草地，山坡和羊群。当然像所有的田园画一样，还有一个太阳，夸张地闪着光芒，照着这木屋和木屋下的一家人。然后天色暗下来，一家人前前后后地进去了，好像又有邻居来了，孩子们也被农妇叫回了屋，屋里的灯亮了，人影晃动。慢慢地，一切安静了，那个屋里的灯，好像变成了蜡烛，渐渐地熄灭了。

当羊末的幻想像灯一样熄灭的时候，城市的灯却亮起来了。羊末在城市中穿梭，她完成了这一天该做的事，她便衣食无忧。她要回到早晨出发的地方，城市的另一端，在山的那一边。

羊末一向不喜欢穿长长的裙子，她的身材也没有那么健壮，可羊末总是在想那幅画，她想她不能只会攒烤面包机或者汽油或者名牌衣服的钱，她要学会用面粉，用烤箱烤出美味的饼干，她要会磨最香的咖啡递给那个男人，煮胡萝卜和土豆还有鲜嫩的肉给老人和孩子，她要擦干净木屋的每一寸地板，铺好雪白的床单，她要种出苹果和草莓与邻居们一起享用。想到那个境界，羊末便和画合二为一，她便是那个农妇，有一个爱她的丈夫，有两个孩子，还有他们的祖母。

夜深的时候，羊末坐在宜家买的蒲团上，开了台灯，报纸在地板上，不过，今天，从报纸的缝隙里，竟掉出了一幅画，那是鸣翠蓝湾的房产广告画。羊末久久地看着，她断定那幅画与她的幻想有关，有关于家的，关于她未来的丈夫，她以后的儿子和小女儿，还有她的爸爸妈妈。羊末发现自己突然非常非常想念远方的爸爸和妈妈，城市的生活从未像今天那样让她觉得孤独。她想打电话给妈妈，告诉她羊末想结婚了，要嫁一个脸上总是挂着笑意的男人，还要生

北山路晨曦　摄影／茅益民

一个儿子一个女儿，还要有一幢木屋，要妈妈来坐在摇椅上。她说她要学会很多很多家务，羊未也要做一个像妈妈那样的人。

城市的夜色中，有一盏小小的灯，亮在林立的高楼中，那是羊未的寓所。北山路的星星能伏身看到她，他们都知道她的梦。她睡着了，充满着幻想的微笑的脸，穿着美丽的布长裙。小小的幸福弥漫在城市的上空，城市因此美丽动人。

注：此文获《杭州日报》2006年"鸣翠蓝湾·新田园生活"图文大赛三等奖

嫁给农民

如今城市的马路上，工人农民也都行色匆匆，不太好分辨的。

话说十几年前，我和我的死党们也根本搞不懂农民是怎么回事。她们派我出去嫁了，以便摸清农民的底细。

我对这个任务欣然接受，原因是我当时正被一个狡猾的农民搞得神魂颠倒。他看透我对农民的一无所知，随便掘几根他家地里的小苗给我讲讲，绘声绘色地描述门边的几根小竹，还有后山上几颗跌落的松果，便让我心驰神往。终于我在十五年前初秋的一天，决定深入农村，在死党们万般复杂的目光下，渐渐地背着城市，向一个陌生的地方狂奔而去。

那个小农民没有骗我，他的家确实是在小城的旁边，小镇的里面，小乡的最深处。那天我足足坐了四个小时的长途车。记得那是十月里。在路上，我真的看到成片的麦子在秋风里起伏，麦秆被垛成童话里小圆屋的形状；我真的看到田里劳作的农民，手拿着镰刀在收割；我也真的听到他们的交谈的声音，是嘹亮而婉转的语调，像一根扁扁的彩带，飞向很高的天空，一下子又落到山的那一边。

他在一个没有站牌的地方起身和驾驶员嘀咕，于是车便停下了。我一脚踩在了软软的柏油路上。身边的他随手一指，那里，家在那里。我看见青色的泥土路一直延伸到黄黄的麦子里去，深蓝的天空

下有淡淡的山的轮廓，空气纯净得像要凝固，家就在这样的背景里，二层高，粉墙黑瓦。他开始拉住我的手，我们慢慢地走进去。我又踩到了泥土，干干的，软软的，路上不时有田里的农民向我们微笑，用乡音与他说话。"你都认识的啊？"我佩服地问他。他歪笑："都是亲戚，嘿嘿！"原来亲戚都可以住在一个村里？我云里雾里地想，要是我家的亲戚都住在一个墙门里，应该是多么幸福！

　　家在田埂路的尽头，门前两棵橘树，一株梨树，左边的小土坡上果然有一片小竹林。见我目瞪口呆地盯着橘树上满树的橘子，他

季节　摄影／茅益民

随手便摘一个给我，很青的，带着两片碧绿的叶子。我后来的准公婆满脸幸福地将我们俩迎进了屋。屋里有点暗，有一个大灶头在冒着白白的热气，还有一个木楼梯，婆婆将两扇木头做的窗门打开，外面的阳光便斜进来，有细尘在阳光里翻动，很像我小时候的外婆家。

他拎着小篮子，在门边熟练地挖了几株笋，让他妈妈做菜，便拉着我去后面的山上玩。现在的人有机会经常去农村玩玩，而现在的农村也是依着城里人的要求出落得更像个农村。我说这话的意思是，我在十五年前看到的那个小村庄，却是个原汁原味的农村景象。我们来到门后的山上，并且越爬越高，在最高处的一片小空地上，在落满松针的山顶上，我们停下休息。我见到满山的松树长满了美丽的松果；高大的板栗树长着嫩绿的毛栗球，那里面鲜美的栗子有着乳白色的浆汁；野生的山楂树被暗红的果实压弯了枝头。城里的各式食物原来都在这里欣然地生长！站在山顶，风细细地吹我的短发，我俯视浙西绵延不绝的山脉，还有山脚被整齐分割的田地，似乎感受到正有一种蓬勃的力量从泥土里，从树林里挥发出来，在山谷间和着松涛声一齐汹涌着，猛烈地填补我因年轻而空洞着的感观。我听到生命的躁动与生长，并且猜测他们是欢快而欣喜的。刹那间我想要回头倾诉，却看见他正一脸专注地要为我再剥一颗刚采下的毛栗，山间一片宁静，只有松叶的沙沙声。我说："这里真美！"他奇怪地抬头看我："哦？你喜欢？"我点头。

我分明看见有欣喜拂过他的眼睛，又乘着那一阵山风，轻轻吹过我年轻的脸。十年后，他的家乡成了一个风景点。

回到杭州的时候，我没有向任何人透露有关农民的任何信息，因为我正忙着一心一意地去嫁了这个真正的农民。

后来很多年里，我的死党们还是锲而不舍地问，哎，你那个学物理的农民好在哪里啦？咳，比方说哦，当你正对着一朵盛开的杜鹃柔情万种时，他会一把摘下那花，细心地去掉花蕊，呼呼地吹吹，将花反捏后再一搓，一定要你去吮吸那一滴琼浆，你当然不屑，不过他很执着，你只好去吸一下，真的很甜的哎！其实生活不就这样吗？你们说说没有琼浆的滋润哪能对着杜鹃感叹？还有啊……

当我仍在努力地想把农民的种种浪漫行为一一陈述时，我发现我的死党们在我痴迷的瞳孔中个个显出万分焦急的样子。

她们齐声要求："快点，带我们去吃杜鹃花！"

今日小雨

　　深秋的成都，太阳暖阳阳的，利用出差的空隙，我和朋友约了一起在宽窄巷子里喝茶。谈着谈着就说到了天气，我说："哎，今年这一年呀，杭州就是雨水多！"

　　对方很诧异："没听说嘛，又没旱没涝的。"

　　我只好再想了想，确实没听说天气有反常。

西湖　摄影/茅益民

不过，我也不是随口说说，为了证明我的感叹并不是无缘无故的，我把手机拿出来，点开微信里一个叫"魏子林"的联系人。他的微信基本都用语音，我就拉到稍早一些的语音，内容大致是这样的："孙姐，今天没法开工了，因为预报有雨。""下雨了，工人们都回去了！""今天有雨啊！没法做了！"慢慢地，语音好像会自动播放了，就看见微信页面嗖嗖滑下了大半年，那个语音愈加密集："雨！""今天又下雨！""对，就是闲湖城有雨！"

　　朋友一脸迷惑，我向她解释，闲湖城距杭城中心约 20 公里，占地面积 1200 亩，城内有月亮湾、钻石湾也有红树林，房子高低错落，道路弯弯绕绕，丘陵起伏有致，更有一池大湖，立着几叶白帆，浩浩渺渺，依山微漾。为了进一步说明杭州城和闲湖城的气候差异，我又讲到一个俗语，叫春雨隔牛背，就是说若是地方够大，雨又够多事多情，这牛的背上一半可以淋雨，另一半却可沐艳阳一如当下。

　　那日我俩双双身处异乡，被这语音一搅，顿觉远方故乡城内小雨菲菲，闲湖城雨中更是风情万种，禁不住万般思念起来。

　　事实上，我在闲湖城买的房子已经装修了近一年。房子的小花园由"魏子林"承包了。装修的日子也像小雨似的断断续续地进行着，相比房子内部的装修，花园建设拖延得更浪漫一些。"魏子林"有天气的帮忙，加之他对于我对花园的设计修修改改一概好脾气地应承，于是我每每站在那个堆满建材，地面乱七八糟的花园里怒火中烧拨出手机的时候，一抬头就看到家对面一棵黄了叶子的银杏树，远处还有一些深浅不一的黛色山脉轮廓，似乎还有些若有若无从不远处飘来的湖的味道，一时间，我就变得犹豫起来，再下一秒，闲湖城的空气都湿润起来，完全有可能下起小雨，于是我相信闲湖城有雨此言非虚。

时间跨过了装修漫长、繁杂的一段，终归走到了今天。与五年前初见闲湖城的惊艳相比，或者说与两年前购得新房的欣喜相比，再或者与一年前第一眼看到设计师做出的那个有粗粗原木横梁客厅效果图时的满心欢喜相比，房子与我都今非昔比。

现在，我还是站在那里，从窗口望进房子里去，好像还能看见当初我们和设计师一起在空荡荡房子里讨论设计方案，我那么用力地比画着，急切又茫然，他却稳稳当当，眯起眼睛看着斜进来的日光。慢慢地，在我们指点着各个角落的身后，师傅们背着工具就这么走了进来，他们开始忙碌起来。不一会儿，脚手架被抬了进来，又有人爬了上去，高举着双手忙碌起来。还有人走上了二楼，又有人跑向

2018 年作者于闲湖城

地下一楼。这样的窗口里，他们不断变幻的身形和位置。于是，整个房子也慢慢地改变起来，第一块水泥被盖在水管上，第一扇木门隔开空间，第一个筒灯被点亮直至最后一副窗帘被缓缓合拢，它的变化缓慢又出其不意，渐渐向我想象中的终点靠近。

就在今天，他们都完成了各自的工作。水电工小李安装完了最后一个筒灯，麻利地拆了脚手架就这样走了出去，木作师傅小王整理好了他的工具，拎着大桶在暮色里等待公司的班车，搞卫生的周姐最后一个离开，她和她的同伴打趣嬉笑着拉上了车库的大门。我试图再去寻找那些以往的痕迹，比如，他们撑着木棒，用肩膀把木梁架在房顶的场景，他们俯身敲着大理石，汗水滴进泥土的瞬间，或者他们小心地打磨木制品，把一枚指纹留在美丽门楣上的印记，抑或还有他们算着工期，来回徘徊留下深深的脚印，那些因为碰到难题而站在某个角落沉思的模样。一切消失在我们的背后，我无从查找，无法寻觅。

魏子林的工程也接近尾声，一个暖暖的下午，他运来成箱的鲜花要种在我的花园里。

押着鲜花的车，他笑嘻嘻走了过来，对我说："有天你是在成都问我天气吗？你说奇不，我就是成都人哦！"

就像花园一天间突然开出那么多的花来，这天气、这花园、这房子，终究会成为我的传奇。

夜色已晚，闲湖城里真的下起小雨来。雨滴落在房子的门槛边上，落在花园里芭蕉上，弥漫在闲湖城的上空里。山、湖还有房子

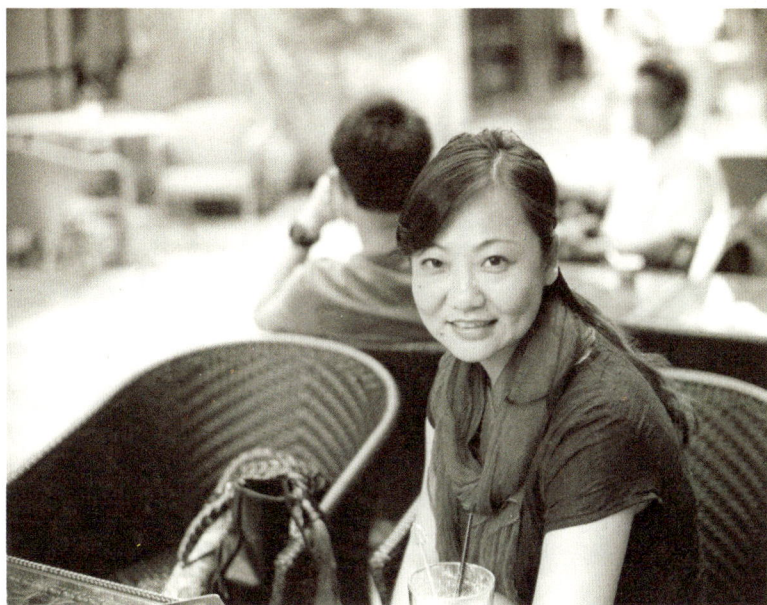

2017 年 6 月作者于成都宽窄巷子户外咖啡吧

都融进了一片淡淡的灰蓝色里面。我知道我即将走进去，那是一种新的生活。或许因为承载着这一年来如此丰富的内容，起伏的情绪，更或许背负着那么久远的梦想、急切动人的希望，抑或就是因为这场细细的小雨，现在，闲湖城和我的房子都那样充满了劳作的痕迹，人的气息，那样的宽厚包容，似在许诺那里会有默契的眼神，回归的心和彼此的承诺。就在这样的雨夜，我打开所有的灯，走到美丽的花园里，从这样的角度去欣赏它去看着它，而它，也正透过雨滴深深回望我，那一刻，它展现出无尽的魅力，通体发光，楚楚动人。

我和家一起往前走

当我顶着 1999 年 8 月午后的阳光，将自行车从市中心骑到蒋村时，所有买房的欣喜和冲动都没有了，我的思维也好像中了暑，不停地问已等在那里的老公：怎么会这么远！我骑不到头啊……事实上，我们已经来城西看过好几次房了，问题就出在每次来老公都借了车，城西的马路又宽又直，忽地一下就到了。早有同事劝我路太远，城西与单位有十几公里的路程，可我一心被那花园般的房子迷住，听不进去，现在算是知道了十几公里的厉害。因为老公在城西的学校工作，便认为定是他当初设计误导我，于是便瞪着他，好像路远都是他的错。

我很快被半扶半拖地进了售楼处，售楼处空调让我渐渐平静了下来。隔着大的落地玻璃窗，我看到了小区里大片的绿地，树影婆娑，曲径流水，想到这美丽的花园以后可以与我日日相伴，是我家的一部分时，欣喜的感觉漫漫而来，一切如同那窗外的树荫，沉静地凝固着，我站在窗前，心绪安静得如同这八月的午后。我决定先抛开刚才的痛苦经历，让眼前这一切，让我所体会到的安静尽快属于我，于是说：我们买吧。

就在那天，我们用分期付款方式买下了 120 多平方米的错层式公寓房。其实人的一生中很多事需要选择，而且那些事又往往是没

二月　摄影/茅益民

有对错的，在很多时候，我顺从我的心。那天我觉得自己确实需要这样的生活，而这样的生活的代价不仅是我俩的全部积蓄加上贷款，艰苦的路程，更有来自未来的种种模糊的压力，让我们在兴奋中有隐隐的不安。事实上生活应该如此的，那一次，只在那种时刻，我感觉得到自己在往前走。

以后的日子里，我们带着妈妈，还有我们的儿子常常会坐公交来看房，我们在小区的酒店里吃饭的次数比入住后的几年还多。我们总是坐在靠近游泳池的窗边，谈论着以后，那是一种充满着幻想的未来生活，但可以实现，那种感觉浸润着家里每个人的心，我们想着房间的设计，儿子则憧憬着走出家门便一头冲进泳池的场景。正式装修完毕入住是在2001年的2月，那时小区入住率很低。那一夜，整个小区静得让我们睡不着，大房子让我觉得和儿子分得远远的，那一夜，我们都有些失眠了。在那以后的每一天，我们家的每一个人都没有抱怨过路远。清晨，我们走在蒋村宽阔的大街上，坐着各路公交，上学，上班；黄昏，我们从城市的各个地方向着家靠近，我们必须穿越那个喧嚣的城市，然后静静地看着他远去，当人渐渐稀少，道路渐渐开阔时，家便要到了，我们都觉得那个安静的地方才是我们的家。一年后，我们有了自己的车，这也曾是我们的希望，但实现得比想象的更早，我总是喜欢走北山路去上班，我有了更美的清晨和黄昏。每当车绕过大半个西湖，再驶入城西的大道，轻轻弯进我的小区，鲜花、草地、宁静紧紧拥抱着我，我停下车，目光越过那株美丽的广玉兰，我的家在夜色中闪着橘黄色的灯光，那一刻，我的心融化在柔软的夜幕中……

　　一转眼五年过去了，2004年春天的早晨，蒋村已是一派繁忙景象，美丽的小区比比皆是，车来人往，人声鼎沸。生活并没有停下来看风景，他跨着大步，一下子便走过去了，我们也会的，我想，我们还要向前走，那里，会有更好的房子，更美的生活……

橱窗里的哥哥

拼凑的细节：15 岁的哥哥离开了家

1939 年一个夏日的正午，杭州清泰门庆成丝厂的门口，我的大姨正翘首盼望着她的哥哥出现。这是杭州被日军攻破后的第二年，此时，大半个中国已经沦陷。

当年 13 岁的女孩，没有对这片土地的任何记忆，也不知自己是如何在这家工厂做了童工。她只是记得，那天中午，她终于等到她的哥哥出现在路的拐角，她急着迎了上去，从哥哥手里接过为她送来的那盒中饭。

兄妹俩就准备在厂门口吃饭。哥哥突然开口说，家里的小妹妹已经被妈妈送到育婴堂了，我今天下午也要去上海做学徒，以后你要在厂里吃中饭了。

大姨伤心极了，大哭起来，说，我们都不吃家里的饭了，省下来给小妹妹吃，不要扔了她。哥哥沉默不语，因为妹妹哭个不停，不肯吃饭，哥哥只好拿着饭回去了。

很多年了，每当大姨回忆到这里，唯一记得的就是那天是苋菜焖饭。她说，我哪里吃得下饭啊，就晓得哭，就是那一天啊，我再也没看到过阿哥了。

我的大舅舅就是在那天下午去了上海。

我的妈妈记得是她和我外婆一起去城站火车站送他的。那年我妈妈8岁，并不知人间愁苦，她对哥哥说，阿哥你上了火车，一定要走到窗口来看我，和我说再会哦。哥哥说，好。于是，哥哥在火车上真的从外婆和妈妈站的位置把头伸出窗口，说，再会再会。

记忆至今历历在目，我妈妈却不知道那一天，她的哥哥刚刚听过大妹妹撕心裂肺的哭声，还亲眼见他新生的小妹妹被送走。不管怎样，哥哥满足了妹妹小小的愿望，她在回忆时总是说，我阿哥真的就从窗口找到了我们，我高兴煞了，哪里晓得这是最后一次看到我阿哥了哦。

记忆就是这样被拼凑着，还原了家族中最令人难忘的一天。我的大舅舅离开了他生长了15年的杭州，去上海环球钢铁厂做学徒。

这一走，他从此再未回乡。他生命中的第一次远行，并未给父母、弟妹带来生存的希望，只有无尽的等待、悲痛和恐惧。他的行踪，他的信息，甚至他的死讯，我的外公一直瞒着全家。谁能想象我外公当年承载了多少秘密，那应该是关乎一家人性命的秘密。

从我大姨和妈妈的回忆中，隐约只记得哥哥是由外公认得的一个外国留学回来的年轻人介绍去的。一开始还有些信件，但每每我外婆和大姨要为上海的舅舅写信或寄包裹时，总会被外公制止。

一个快成年的男孩，与家中断绝了联系，唯一的知情人又讳莫如深，在被侵略者统治的国土里，就算一个家庭妇女，也会懂得这层真相的凶险，一家人就此心照不宣，再不提起我的大舅舅。

到了 1947 年冬至，我的外公一病不起，撒手而去。就在外公死的那天，我的二舅舅亲眼看见我的外婆烧掉了一包哥哥的信件。他们猜想，也许就在外公弥留之际，向我的外婆吐露了儿子的去向，而烧掉信件，正是外公觉得自己再也无法保护全家而做出的万全之策。

而这，也能解释在外公死后一年，杭州解放了，外婆突然拉着茫然不知的小姨，从武林门到闸弄口，一路追随着解放军进城的队伍，寻找着自己的儿子，她背着抱着拖着只有 4 岁的小姨，一再鼓励她多走一点路，并一遍遍对她说，我们是在找你的大阿哥。

能肯定的是，我外婆知道了儿子是解放军。但儿子早在 1943 年就被日军刺死这件事，是外公死前都无法面对妻子说出的真相，还是他并不知情，后人都不得而知。只是外公自那年后，一直郁郁寡欢，他的早逝，是不是受此事打击，亦没人能够知道。

一九四九年后，这个在家只待了 15 年，与亲人缘分短之又短的舅舅，让我的外婆每年都能得到政府供养的 200 斤大米。国难家难中风雨飘摇的家，因政府的供给和孩子们的成长，终于稳固起来，而我的大舅舅，成了活到 90 岁的外婆后半生的福祉，更是为我们家族后代子孙带来很多荣耀。

我的舅舅是抗日烈士，他叫应鉴康。

应鉴康烈士

桥，炸弹，日本人，英勇无畏的外婆

我的外公和外婆祖籍绍兴，他们什么时候来的杭州，家里没人能说得清了。外公是王星记扇子店专门修理扇子的先生，为人谦恭，全家生活靠外公养活。在我大姨记事起，家是住在杭州清泰门外的平民新村。

应鉴康，也就是我的舅舅，是他们的长子，生于1924年，两年后，我的大姨出生。

据大姨回忆，哥哥和她一起上过几年学，哥哥成绩很好。有次学校演话剧，他演一个挨地主打的农民，明明都是演的，可到最后哥哥居然真的流了眼泪，同学们都笑他，大姨不服气，总是说，他们哪里晓得我阿哥多少心善哦！

1930年我妈妈出世，后来又有了我二舅舅，时局越来越混乱，日子也艰难起来。

1935年，日本人来了，眼看杭州就要失守，外公带着全家，坐船逃到了我外太婆绍兴农村的家里。可住了没多久，外太婆家粮食就捉襟见肘，日本人好像也没有打进来，外公还是带着老小回到了杭州。

没想到一回杭州，日本人就真的过来了。传言中日本人越来越近，王星记扇子店也关门了，一家人没了生活来源。

有一天，外公早早起来，决定再去钱塘江对面的亲戚家借点钱米。据他一年后辗转从宁波上海回到杭州后的叙述里，家人才知道，就在外公刚过大桥没多久，桥就被炸掉了。

就在那天，我妈妈看见无数的炸弹落在清泰门城站火车站。在我妈妈的回忆里，她总是说，炸弹真的就像南瓜一样的，一只一只从天上掉下来，有的是直直的，有的没落地就歪着，那个时光好像不晓得会害怕，就是傻傻地看，其实离我们是很近的呀！

外婆听说钱塘江大桥被炸了，知道外公是回不来了，也不知死活，她顾不得哭，决定要马上去弄点吃的回来。也不知哪里来的力气，她和一帮男人抢米，还真的抢回了一袋。

外婆又去轰炸后的火车站拖了一副被炸死的大大的牛骨架子回来，路上有人看见就提醒她说，这牛恐怕是有毒的，你们不能吃。外婆后来常说，我当时也不管了，一家子人眼看要饿死，有毒也是吃了一起死。

外婆将牛骨架子拖回家后，全家动手，洗的洗，切的切，把个牛骨架子分了，第一锅牛骨汤香浓四溢，并没有毒，第二天全家都活着。

比中毒更可怕的是，第二天一早，日本人真的来了。

也不知这个日本人是从哪里进来的，我妈妈回忆，她认为就是家里的后门忘关了，这个日本人一定是从那个门里进来的。

我外婆一听声响不对，一下子把大姨推进床里，躲在长条棉被的后面，她自己拉着我妈妈和我二舅舅的手，一下子挡住了正要探头进来的日本人。日本人哇啦哇啦地说了一通，外婆说她当时知道，日本人就是要找花姑娘的，她摊着双手，示意家中并没有成年的女孩。

日本人看懂了，突然手一指，就要来拉我外婆，我外婆立马拉起我妈妈和小舅舅的手，一直往后退。日本人就一步一步逼了过来。

那天，我再一次要求我妈妈讲清楚这惊心动魄的一幕时，我妈妈还是那么镇定的样子，她将两只手撑开伸向两边，说，你外婆就是这样、就是这样子拉着我和你二舅舅，一步一步退啊退啊，后来，就退到墙边上了。说这句话时妈妈已经86岁了，她靠在墙上说，那，就是这样，我们三个人就是这个样子，都靠在墙上了。

日本人突然一下子把刺刀拔了出来，千钧一发，就在这时，我的妈妈和二舅舅同时惊叫大哭，哭声很高很突然，日本人吓得一下子转身跑了出去。

是的，他逃走了。日本人也会害怕，他知道这些人的家里，不只有妇孺幼童，说不定就在隔壁，一个男人或男孩早就在角落里因为要杀了他而红了眼睛。

其实那天，家里没有成年的男人，就是我英勇无畏的外婆，用她瘦小的身躯，让这个家庭挨过了最凶险的一天。

一年后，外公回到杭州，他看到妻子儿女如获重生。他说，我以为这个家肯定没有了。

我妈妈讲这些的时候，她总是很抱歉她自己弄不清是哪一年，哪一天。这段时间为了我要写文章，她和我大姨经常打电话，研究某个时间，某个细节。可是历史总在那里，是不会变的。

外公出门，应该就是1937年的12月23日，他从家里走到现在的钱江一桥，肯定是会在这天下午5点之前。史料记载，正是5点之后，伴随着巨响，桥中暗藏的炸药引线都被点燃，大桥的两座桥墩被损坏，五孔钢梁折断落入江中。

就在那天傍晚，茅以升先生凝视着由他一手炸毁的大桥残影，满腔悲愤

应鉴康烈士父母

地写下8个字"抗战必胜，此桥必复"！应该就在此时，我那穿着长衫的外公，也正站立在寒风料峭的南岸，透过苍茫的暮色，望着江北愈来愈亮的火光，掩面而泣。

杭城就此失守。第二天，即24日，那个阴霾密布的清晨，日军从广德方向攻进杭州，日军是从凤山门进城，其中有支藤山部，是沿着沪杭铁路进攻杭州，他们就是从清泰、望江城门入的城。

我的大姨和妈妈不会想到，命悬一线的经历，一个家庭危亡的关键时刻，竟然与我们的国家，与杭州城衰亡如此严丝合缝。

橱窗里的哥哥，民政局给的保恤粮

20世纪80年代初，杭州解放路井亭桥旁边有一排宣传窗。

1981年7月，宣传窗里做了一期杭州英模事迹介绍，正好被我外婆家原来的老邻居看见了，她认得我的大舅舅。于是她拼命地跑到我外婆家里来，当时我外婆家已经搬到了现在清河坊这里，叫

十三湾巷三元地老四号。她跑进来大声喊，应奶奶哎，应大姐哎，你家儿子的照片在井亭桥那边挂着哎。我大姨听了，一下子扔了手里的活儿，二话不说往解放路跑。

宣传窗就在那里，大姨立刻找到了她的哥哥，这是她在事隔40多年后，再一次看见了她的哥哥，她就这样站在哥哥照片对面泪如雨下。不久，我妈妈、二舅舅，还有小姨都赶过来了，全家人都围在那里，一直一直地看。

那次展出的杭州英模共有13位，每张照片的下方都有细细的小字，注解着这位英雄的一生。

我的舅舅照片下的文字是这样的：应鉴康，男，1924—1943，中共党员，曾任苏中军区第四分区短枪队队长、副政治指导员及该队中共支部书记等职，1943年7月28日，应鉴康在东南行署（海门、启龙、通东三县）九龙镇据点反日军清乡的遭遇战中被捕，被日军用刺刀活活刺死。

其实舅舅牺牲，早在1949年解放后，我们家就知道了。

当年，就在我外婆带着小姨在解放军队伍里找了三天后，渐渐地没了希望，也就不找了。

隔了一段日子，家里来了三个穿军装的人。他们走在进院子的弄堂里，就开始大声问，应永顺先生在吗？应先生在不在？应永顺就是我的外公。

家里只有外婆、妈妈、小姨三个人。妈妈说她一看见是解放军来了，就知道阿哥有下落了，她一下子冲出去，大声应着，我们是应家人，应鉴康是我阿哥！

当时小姨只有四岁，但这天的记忆如此具体又细致。她说，一共来了三个人，都穿着很旧的黄军装，扎着皮带，其中两个人坐下了，一个年轻人站在旁边。外婆家的最外间是一间大的公用厨房，外婆手里拿着锅铲儿停在那里。其中一个解放军对着我的外婆说，总算找到你们了。我们是解放军，应鉴康同志已经牺牲了，他是烈士，你们是烈士家属。

我的外婆就在解放军的对面放声大哭，我妈妈转身跑到里面房间里去哭了，小姨靠着解放军坐着的一边墙上，不知道发生了什么，又怕又无助。

解放军对着我外婆说，你们都不要哭了。应鉴康同志是个勇敢的战士，他牺牲了，国家会养你老，你不要难过。现在我们就带你去政府里，我们要证明你是烈属。

于是，其中一个解放军一把抱起了小姨，他就是我舅舅的战友，叫陈杏生（后来改名陈熔），我妈妈扶着外婆，三个女人跟着解放军来到杭州上城区行宫前派出所。解放军对派出所所长说，她们是烈属，你们要好好照顾她们，所有的证件我们会给你们寄过来。

1951 年春节，院子里来了一大队人，敲锣打鼓，抬着一块大红横匾，上面写着"为国捐躯"。

那年，外婆得到了民政局给的保恤粮 400 斤。小姨说，她从未见过这么多吃的放在家里的大桌子上，不过她说不出有些什么，只记得年糕，因为这之前，她从未看见过这么多的年糕堆在一起。

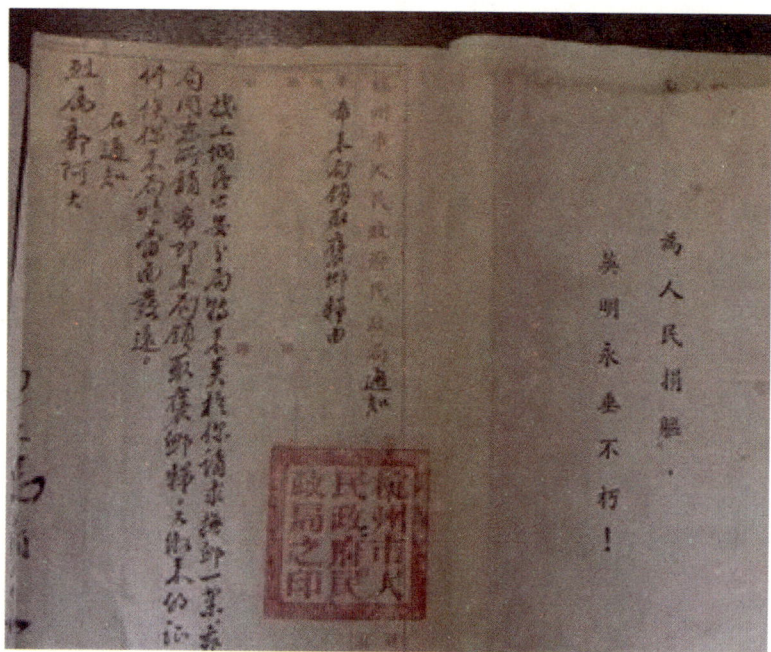

烈士证书

　　不过，那天宣传窗前的说明，是我们家第一次了解这么详细、这么残酷的事实，也是第一次看到国家和政府这样认可我的舅舅。当年 14 岁的我忍不住紧紧盯着舅舅的照片，去寻找那种我无法理解的勇气和力量。

　　照片上的舅舅一脸稚气未脱，围着格子围巾。他在宣传窗里隔着时间空间与他的亲人面面相对，但他的眼神是看向远方的。我突然觉得他不属于这个家庭，他只属于每个来瞻仰的人，他为国家捐出他年轻的生命，他是那么坦然，无怨又无畏。

爸爸的早年手迹，外婆家的老照片

非常惋惜被我外婆烧掉的那摞信件，那些信应该能丰富大舅舅只有19年的生命信息，我多么希望看到大舅舅亲手写的字，我也很想知道他是个怎样的人。

在万松岭浙江革命烈士纪念馆里，有很多烈士的信件被陈列着，他们很多是和我大舅舅相仿的年纪。有一封开头是这样写的："亲爱的母亲大人，岁月如梭，光阴似箭，母亲大人身体安好？"还有一封是写给妹妹的："妹妹，你现在一个人走去上学一定很苦吧，要忍一下，我们还年轻……"

那些信，没有大舅舅的，但又好像都是他写的。

我手上有份比较全面的资料。知道我要写文章，二舅舅拿出一盒装订成册的资料，翻开看，纸张暗黄，但字迹清晰。这是一份简介，是右起竖写的有书法功底的手稿，题目是《应鉴康烈士事迹》。开头，是应鉴康同志生前组织关系及领导人，中间是讲家庭背景，政府救济，最后是对收集的相关信件的说明。这份资料的后面，按着日期，仔细装订着各类信件，从一份讣告信到后面舅舅战友写给家人的问候信，一封一封，连信封都保存着。

没想到这份手稿，竟是我已故爸爸1972年整理的。爸爸知道我大舅舅的事后，常和我妈妈说："你哥哥的事迹是很伟大的，家里要把资料都归拢，好好保存起来。"连我妈妈也不知道，我爸爸整理好了资料直接交给了二舅舅。现在有机会看见爸爸早年手迹，我很庆幸自己去做这件事。

被我爸爸整齐装订的信件大多是1949年以后寄来的，最多的是前南京公安局第二科科长陈杏生、23军67师200团政治处毛梦麟写的信。信中说，他们是舅舅的战友，都是从上海环球钢铁厂出去参加新四军的，摘录一段："在伟大的抗日战争里，我们又一直在一起生活和战斗，我应该告诉你，你们的哥哥应鉴康是一个勇敢的、为人民解放事业积极努力的同志。1943年7月，他光荣地牺牲，多少人为他流泪，我们大家都发誓言，要为他报仇雪恨。"

记得小时候的外婆家，是木头老房子，有一面墙都是挂老照片的。右边有一张很大的外公的像，还有一块"为民捐躯"的大匾，左边横的一排有几个镜框，里面有很多证书，都是关于大舅舅的。

一张八仙桌靠着墙，两边两张太师椅。那时候一去外婆家，小孩子们都喜欢爬上太师椅，站在上面看那些照片、证书。有张证书下有粟裕的签字，表哥说那是个大将军，我们都觉得证书很厉害。不过，不管我们如何叽叽喳喳讨论，外婆总是在旁边忙碌着张罗饭，从不插一句，现在回想，果然如此，她从不说大舅舅的事。

对于大舅舅，外婆只说过一句："总算还能吃上他的饭。"这是指政府每年给保恤粮。也许，长子身上承载了一个母亲太多的期望。很多年来家人也不自觉地配合她努力地去忘记伤痛，没有人舍得去触碰。

注：此文获浙江革命历史纪念馆"为有牺牲多壮志"故事征集活动评比一等奖。

想念细毛

一

接到细毛电话，知道他要回国并且有时间和我见面的时候，我正背着球包从财经学院的羽毛球馆里走出来。十月了，夜里十点的风有些凉意，学校道路两边没有路灯，幸好月亮正圆，走近车边的时候，我看见车上印衬着树影，满车婆娑。

刚打完最后一局球赛，我体内的多巴胺强烈地分泌着，仍未平息的紧张感冲击我的心脏，我听见手机里细毛在问，现在好不好呢，会不会冷清呢？我回，很好，现在不会，有很多朋友。

他问："听说你一直写东西，是作家了啊？"

"不是，"我答，"只是要写，不能不写的样子。"

我想起细毛关心的问题，加一句："不过，写的时候很累，常一个人待着，很孤单……"

果然，细毛立即回应："那就不要写，不写！"

我笑着回他："是没

2015 年 12 月作者摄于浙江财经学院体育馆

办法了才写，其他时间不写，就像现在，我正在打球回来的路上呢！"

那边细毛提高了声音，他说："好！那好，那就好。"

电话里传来嘟嘟的声音，我等待对面的细毛轻轻结束通话。我知道，他不久就将飞过茫茫的太平洋来看我。我知道，我的心也曾越过千山万水无数次去寻找他。我知道，我们将在那里见面，那里应该就是最初的地方。

思绪到此，禁不住抬头望向天际，此时，星空浩瀚，月光透着橘色，柔和异常，令我心旷神怡。

二

就在接到电话的两小时前，我正在热火朝天的球场里，和众多球友一起挥汗如雨。

那晚最后一场，我的对手是圈圈和蓦然，这对混双很不好对付。就那会儿，两个人齐刷刷举拍，像冷面杀手一样等着我发球，随时准备抓住我的失误，扑将过来，打得我落花流水。

这种场面很容易激起我的好斗因子，关键是，我还十分信任我此局的搭档，那个称自己为减肥的男人比较擅长斜杀、劈吊、勾对角，极尽刁钻能事。

不过这局减肥的意图大部分被圈圈识破，她总是出现在对的一边，一拍子把减肥的网前吊球扣死在我的脚下。

减肥一声惨叫，我却大声为圈圈叫好，场上场下正彩倒彩此起彼伏，那局四个人打得艰苦卓绝，难解难分，以我们失败告终。下场的时候，因为往来回合颇多，将各方体力消耗殆尽，所以双方心满意足。

三

　　和细毛真见上面，已经是十二月了，那天傍晚的时候，突然下起雪来。细毛进店里的时候，头上顶了两朵雪花。算起来我们真的有二十多年不见了。岁月在细毛身上温柔地留下了印记，他因此没了当年的英俊挺拔，却有了只有时间沉淀才会显出的温厚来。我知道他也在端详着我，我猜想他也因着岁月，无法再找到那个跌跌撞撞，跟在他后面的毛头了。

杭州镜湖厅　摄影／茅益民

我给他我的文章，写的是妈妈。克制的语言和情感，叙述平凡的妈妈。细毛看得认真又仔细。我注意到细毛的头发还是自然卷的，夹着一些白发，他的眼睛还是那个弯弯的样子，肤色仍是黑黑的，与刚见面时不同，现在我觉得细毛一点都没有变了。

他看完了，抬起头，他说，你写得很好，我妈妈就是这个样子的。

他沉默眺望远处，这时，窗外的雪飘得很大，对面孤山上隐约积起了白色，我们见面的地方位于里西湖边，70 年代的时候，这里是个幼儿园，细毛常在这里接我回家。

四

我有四个哥哥，细毛排行老三。在他十七八岁那年，他和他的兄弟们疯狂地爱上了打羽毛球，常常去现在的六公园那个位置拉个网，就在西湖边的青石板马路上与一个据说少一只左手的人打得死去活来。通常他们四个从湖滨打球回来，就围成一堆吃早饭，顺便讨论刚才的赛况。每当这时，我就立马要求妈妈给一个和他们一模一样的大蓝边碗，一双我拿不太稳的筷子，硬凑着挤进去参与讨论。如果听说他们今天输了，我立马就生气了，那时我会讲粗话的，我说："一个'支手儿'（杭州俚语）有啥花头，我以后长大点分分钟去弄翻他。"一边气呼呼"啪"将一根酸辣萝卜条扔进不知是哪个哥哥的碗里，在他的粥里洗洗，再捞出来学他们的样子嘎嘣嘎嘣咬。妈妈这时会来给我加餐，通常是煎蛋，或者牛奶，但我根本不吃，妈妈一转身，我就去细毛碗里翻，只有他的粥下会有几根为我埋好的萝卜条，这时挖出来，酸辣味淡了，热热软软，正好合我的口味。细毛看我把筷子伸来伸去，说："啧啧，你长大是个姑娘儿，要文气点儿，你要学学人家尤尤啦。"尤尤是隔壁的和我一样大的女孩，我不喜欢她抱的那个洋娃娃，我想了一下，认真地说，我长大了会变的，我长着长着就是个男孩子。

我说我是个男孩，主要还是为了饭后细毛良心发现，同意和我打球。那个年头，有支木头柄的球拍，去打真正的羽毛做的球，在我们墙门里还是比较高档的运动了。特别是我这么小，细毛把珍贵的拍子给我用，实在是小孩子们很高的待遇了。所以我打球的时候决不含糊，细毛的要求就是高一点，远一点，我就张牙舞爪地拼着吃奶的劲打，慢慢地我还真能打几个好球了，这点从细毛叫他的同学来看我表演就能证明。他和他们说，相不相信我们家里的小毛头也会打球。人家看我这么小，当然不信。细毛一声令下，我就激动不已地去拿好球拍，摆好姿势，他发几个球，我拍拍接住，回得也高也算远，几个男孩子都叫好。细毛很有面子，我高兴坏了，趾高气扬好半天。

五

现如今，我手机上存着各类运动 APP，想打球的时候总能找到人，找到场地。我常常去的几个群大多在城西，有群英、飞扬，还有星星，我认识了船长、叶子、凉茶这样的群主。我的业余生活主要是打羽毛球这件事，我觉得肯定与细毛有关，而且我的动作还是有点像细毛的，从这点上，我猜想当年细毛确实打不过独臂人。

大概有个十年前吧，我听说我的一个朋友请了一个打球的教练，我便也去看看能不能也凑个数一起练练。去的时候，发现朋友的教练居然是个独臂人。他上了年纪，大家叫他王老师。经常碰面有点熟了，王老师看到我总是挺高兴的。

他会高声叫我："ECHO 来啦，难得哦！"

"ECHO 来啦，哎哟，今天气色这么好啊！打混双喽？"

有一次，看他在一边休息，我过去问他："以前在西湖边打过球吗？"他头也不抬，说："打过的哦，我年纪轻的时候常常在六公园那边打球的。"

我说："那你和哪个打呢？"

他说："哪个记得牢！都是差不多一帮毛头小伙子。"

一想起他就是那个独臂人，我就会想起我曾经拿着双长长的筷子，挥舞着萝卜条，在杭州梅花碑的一个墙门里，扬言长大后要分分钟弄翻他。这个记忆非常清晰，甚至还听得见旁边四个哥哥的应和之声，好好，你去弄翻他！我们的小毛头很厉害！后来，我还听到细毛恶狠狠的声音，他说，你长着长着变个男的啊？当心我把你吊起来！

总之，现如今，我倒是长大了，也和独臂人阴差阳错在一个球场打起了球，就算年龄差距不小，但我现在分分钟要弄翻他是绝对不可能的，而且我长着长着，也绝对不可能就长成个男孩，我就是个如假包换的女孩子。

六

细毛在他青年时期是个多愁善感的人。他常常凭空地发出感慨，大部分是关于我的。

他说："你不要回去了，就在我们家好了，你看我家这么多人，热闹吧？"

我没反应。有时他看着我又叹气了，说："你想想，你晚上回去，家里只有你爸你妈加你三个人，多么孤单啊！"

我不懂什么叫孤单，还是不理他。他开始做思想工作了，他说："你看看，你爸爸是写文章的，妈妈画图纸，你呢？都不会，就会跑会玩，还喜欢打球，这不是像我们家的人吗？我看是你爸爸妈妈弄错了，你是我们家的女儿。我叫细毛，你叫毛头……"

他越说越起劲，就在我快要哭时，细毛妈妈就冲出来安慰我，细毛妈妈说："你妈妈生你我都看见呢，天天挺个大肚子，你爸爸妈妈两个人都四十了才生的你，多少不容易啊，你是他们的心肝宝贝。我呢，我生了四个男孩，个个都是讨债鬼，我一点不喜欢的，我就喜欢你这个小女儿。"

又转身骂细毛："什么他们家三颗人，人哪里还一颗一颗的，以后不好乱说。"

我坚持晚上要回自己的家里去，我其实是非常想念一早就赶出门上班，急急忙忙把我抱给隔壁的细毛妈妈托养自己的爸爸妈妈的，所以细毛被妈妈骂，我很得意，斜着眼睛笑他。

细毛逗我的方法很多的，他看我得意了就开始造谣，他说他们四个人晚上要开始造火车了，如果今天晚上我不回去，他们造的火车可以开一下。我有点动心了，还是有点担心，问他，火车开过来，我可怎么办呢。他说，你嘛，他一指房梁上的一个篮子，说，我给你放在那里吊起来。

成年后很久，我一坐火车就会想起那只吊在家里的篮子，就像我一进球场就会想起细毛。

七

在我懂得孤单这个词含义的时候，我自己的家庭遭遇了重大的变故。

我的爸爸因公殉职，那年我十岁。那段时间，我家乱了套，进进出出都是人，我也被拖来拖去安排着见这个人见那个人，无数不认识的人来关心我，可怜我。那些有着玻璃弹子、洋片儿、羽毛球的日子突然就消失了，我的童年的记忆戛然而止。每到傍晚时分，一切安静了下来，整个墙门弥漫着黄昏的灰色，我躲在我家房间黑色的阴影里，透过沉重的暮色望向细毛家，细毛家门前照例两棵巨大的梧桐，那时候，梧桐面目狰狞地伸着漆黑的叶子，细毛就站在

梧桐　摄影 / 茅益民

树下，他总是仰面朝天，神色凝重。我在黑暗里紧紧盯着他，好像他那里就是从前，是快乐是幸福，我想冲过去，却又感觉自己那么弱小无力，我正迅速被恐惧黑暗拉着后退。一时，我和细毛间，竟山峦沟壑，我发现再也回不去了，我不想见他。

那一年，我一夜长大。

八

坐在对面的细毛小心翼翼地开口和我谈起我十岁那年的事。他说那时他不能来我的家里，他总是在人群散去后的傍晚等在自家门口。他想着一会儿小毛头就会跑过来，他想过无数样玩的吃的来吸引小毛头，以此安抚她，他说他一想起我的将来就胸口发堵，吃不下饭，因为这以前，他觉得小毛头的爸爸很了不起，备受宠爱的小毛头长大一定是个骄傲的公主。

小毛头再也没来过。他说他要走的时候，正好在墙门里看到小毛头放学回家，胸前挂着钥匙，身形瘦高，没有表情，白衣黑裤。

小毛头手臂上那块黑纱猛烈刺激着他，还算年轻的他也无法承受那些，他再没有呼唤她安抚她的勇气。可是那样的场景无数次出现在他离开家的岁月里，他说终有一天，小毛头会说话，会笑，好起来，那时小毛头会答应与他见面。

细毛不能想象一个十岁的孩子如何在夜里思绪纷纷，像个成年人那样思考过去和将来，小毛头悲哀地认为以前所有的宠爱、不同于其他孩子的待遇，全是因着那个不平凡的爸爸而起，而就在爸爸离开的一瞬间，或者就在现在的喧嚣过后，她将不再拥有任何东西。她那么小，小到无法接受强大的落差，她害怕冷落、轻视。就是那些一个又一个深夜，她做出一个决绝的决定，她像关电灯一样，把过去一下消失在黑暗之中，这个决定包括忘却快乐、宠爱，屏蔽呼唤、笑声。

九

孤单伴随着我的整个青春期。那场变故后，我们被安排搬了家，住上了更大更好的房子，细毛也在那年后结婚生子，再出国。

在细毛妈妈去世之前，我偶尔也会回老墙门去看看。那些年，我似乎早熟且忧郁，从不嬉闹玩耍，少语，穿黑色衣服。我用比同龄人更成熟的状态奋力地学习工作。某种意义上，这样的忙碌和投入，再加上时间的帮忙，我心中那些关于灰色黄昏、黑色梧桐的记忆终得以慢慢消减。

有次单位参加机关运动会，有个羽毛球项目，单位里没人报名，他们问我能不能打。我答不上来，他们就说，报上呗，反正大家都一样不会打，重在参与。去的时候，单位发给我一把拍子。那应该是合金的手柄了，套子是半个的，只套上拍头那种。这是我将近十年后第一次再握到拍子，那天，我不停地掂量这个拍子，似乎就要想起什么了。

比赛的时候，对手是一个财政厅的女孩。她打球非常快，在网前打。我不好意思打她后场，就不发力和她对打，她信心满满要打败我。正式比赛开始了，我发了一个高球，她当时就没有办法接球，愣住了，她说，你怎么会打得这么后面，我怎么接呀！

她莫明其妙地输掉了，我却拎着拍子若有所悟。

十

那以后，我开始找朋友打球，一次又一次，当我开始检讨自己的技术，并刻意练习步伐或挥拍的时候，我发现自己在学习写作。在很多次拿到被印成铅字的自己的文章的时候，我也会略有所悟。

慢慢地，我会尝试在深夜里一次次穿越记忆中那段黑暗，我看到了散在书桌上爸爸密密的手稿，或者是他对我无限溺爱的某个瞬间。我也隐约看到我在墙门里奔跑，放肆地大笑。在我已经成熟的那些年，我能写感动读者的文字，包括小说，开专栏。那明明就是爸爸的礼物，我明白却不愿确认。

我相信是放在那里的球拍，还有那支笔，终于带着我越过了我十岁那年，走往更深更远的地方。在某个梦里，我终于原谅了父亲的不辞而别。那时起，被我幼年自行关闭的岁月细节一点点浮现，我试着去写往事，写那个墙门，还有墙门里的人，人生最初的记忆充满最真实的情感，十岁前的那个十年如潮水般涌入。那时，我整夜无法停笔，欲罢不能。

是的，我终于在回忆里听到细毛的声音了，他在喊我小毛头。我记起了那个画面，墙门里阳光正好，梧桐树绿荫森森，小伙伴们高声喧闹，一大一小两个人在奋力打球，细毛的声音那么清晰，是的，是他在高喊："再高一点！再远一点！"

Chapter 02 | 行走

路过北疆

在我还不记事的时候，据说很喜欢猫。

我整天叽叽咕咕的，表达自己多么爱猫多么想有一只猫。我的爸爸对我一向有求必应，所以有一天他就真的抱回了一只猫来。

就现在来看，幼儿时期的我只是受了《小猫钓鱼》之类童话故事的影响，对真正的猫完全缺乏了解。包括它有温热会扭动的身子，忧郁的眼神，还有突然张口后的牙齿。总之，传说中看到真猫后的我大声尖叫，花容失色，把自己和小猫都吓得不轻。

猫当然没有养在家里，爸爸的总结是，孙公好猫。

这件事对我没什么影响，就是后来在学校学到"叶公好龙"这个成语时，会觉得爸爸的比喻除了那个"公"字以外，其他都非常贴切。

时隔数十年，这个秋天，我正坐在沈师傅开的帕杰罗越野车里，邀着四个朋友，一路往北，决定游遍北疆。

北疆公路冗长、绵延不绝。暮色晨光中，车窗外的北疆是热烈和壮观的，时而是茫茫戈壁，时而连接天际的草地，更有如鬼魅般的险峻地貌。我们的车像一叶孤舟，飘浮在北疆广袤无边的大地上，我们将要去传说中的可可托海，去满是黄叶的喀纳斯，去克拉玛依，去魔鬼城。当然，我们也会在路上看到落日余晖中成群的牛羊，被

2016 年 9 月作者摄于喀纳斯

秋季染成五颜六色的山林，成片闪光的白蜡树干，或是冷热交替的清晨，山脚下那一堆层层叠叠的云雾。

途中最常见的状况是公路上突然尘土飞扬，一大群羊开始慢吞吞地横穿马路。沈师傅停车，礼貌地为它们让路。可它们呢，挤在我们的车边，目中无人，神情坦然。近到贴着车窗看它们，其实它们又是很严肃的样子，好像背负着某种使命般，全然不屑于我的朋友们在车里挤来挤去大呼小叫地拍照。在羊群的最后，总会出现一个人，大多穿迷彩服，或走路，或骑马，或骑摩托，尘土中，他的脸黑黑的，表情和他的羊群一模一样。他和他的羊群，出现在清晨、午后或日暮，背景是北疆的草地、戈壁和蓝天。

在北疆的土地上，到处生活着哈萨克族牧民，他们和他们的羊群不断地和我们擦肩，在北疆的风景中进进出出。在我心里，他们和我之间可不是素昧平生的。信不信由你，在车里，我是这么讲的：

我每天早上在绣着花的羊毛花毡上醒来，对那个不大的毡房稍做整理后，就开始一天的工作。首先我得把昨天挤好的牛奶脱脂，煮沸，沥干，把它们制作成干酪素，以便长期保存。这项工作完成后，我就低头弯腰跨出了毡房。

四周空气清冽寒冷，满眼空旷的大地和深邃的蓝天。晨光中，草地深绿，带着昨晚的霜露，我提着水桶，走了不知多远的路，终于拨开杂草，在一小湾水塘中舀到了水。

提水回家后，我在花毡上铺开餐布，斟上茶水，放进黄油，招呼在外忙碌的哈萨克族人阿克拜妈妈和她的女儿卡西来喝茶……我以一个汉人的身份生活在这样一个家庭里，似乎是客人，又不是。

中午时分，阳光直射下来，草地蒸腾出白白的雾气来，我无所事事，躺在花毡上深深睡去。

夕阳西下，是牛羊入栏的时刻，那时候，我会站在高一点的坡上，眺望远处，我能看到在艳红色的天际中，我家的羊慢慢出现。接着，越来越多，白色的羊群裹着尘埃，气势恢宏地蜿蜒而来。羊群尽头，有一匹通红的骏马，那是阿克拜妈妈的儿子，大男孩斯马胡力赶着羊群回来了。那时的我，立刻和阿克拜妈妈、卡西一起奋力地投入到驱赶羊群的工作中，直到清点好数量，让它们统统入栏后，一切才会安静下来。

那时的我们，我和阿克拜妈妈一家人，围坐在花毡上，铺开餐布，共进晚餐。晚餐有时由我做，有时由阿克拜妈妈做，食物非常简单，黄油、馕、一颗洋葱或半个土豆。

荒野的夜晚极其黑暗，我们的毡房有太阳能供电，我们点起了灯，然后互相交谈，哈语汉语交替，阿克拜妈妈一边做针线活儿，一边会说很多笑话，而卡西和斯马胡力则打打闹闹一刻不停。后来，在阿克拜妈妈一再催促下，我们不再讲话，慢慢进入了梦乡。

如果从远处看，从高处看……我和这一家人就睡在了巨大草原中间，苍穹之下，几乎无遮无拦的。但我们并不害怕，也不觉得多么孤单，因为哈萨克人祖祖辈辈就是这么生活的。

有时，我也会参与一些重大的作业。比如，和几户牧民一起联合劳力手工制作羊毛花毡，为盛大的托依（聚会）准备食物，与他们一起把整个家打包在骆驼背上，在风雨中转场，为生病的羊治疗……我和我的牧民家庭一起在自然界中生活，也与他们一起在荒野中忍受寂寞……

我的讲述，配合着窗外的背景，真实得让我自己沉迷其中，差点不能自拔。同行的四个人中，有一位是发小，她对我无比了解，此时，她斜着眼睛，意味深长地看了我一眼。我有点心虚，说："当然啦，那个我不是真实的我，是心里的那个我嘛。不过，说起来，谁能不向往这样一种无拘无束的与自然亲密接触的生活呢？我嘛，我只要一个卫生间，有网络，再有一辆车……我还是可以的嘛。"

那个发小仍在同情地看着我，我想了想，改口道："当然，车子可以放弃，那个时候，我已经会骑马了。"

后来，我又想了想，决定再放弃网络，但卫生间……正在我纠结着难以抉择，痛苦万分的时候，那个叫洪妈的发小发声道："做梦！"

开车的沈师傅是导游兼司机，他是个地道的新疆人。不知是听了我的讲述还是怎的，他决定在可可托海景区内，为我们预订一个真正的蒙古包，让我们稍稍体验一下牧民的生活。

就我的游牧生活经验来看，我们当晚入住的蒙古包极其豪华，高高的地台铺着厚厚的花毡，四周堆放着厚厚的被褥，墙上挂满了挂毯，特别是，挂毯的间隙中，还有哈萨克人传统的服饰，还有一把马头琴，显示尊贵的羊毛帽子。它扎在可可托海的山顶上，草地中间，河流边上。

一个壮壮的年轻女孩接待我们，为我们烤了新鲜的羊肉。晚上，年轻女孩和蒙古包的主人，一个上了年纪的女人与我们一起在蒙古包和着音乐跳舞。她们舞姿舒展，我们笨手笨脚的，混在一起，好在蒙古包灯光很暗，没人看得见我同手同脚，也没人知道，我一边跳舞，还在一边担心今晚如何睡觉。

那个心里的我，长时间与一个牧民家庭生活过，我当然知道牧民没有换洗被褥的习惯，他们只在好天气的时候把花毡放在草地上拍打。我每天还有一项工作是出去捡牛粪，草地和蒙古包周围，都会有新鲜的或干燥的牛粪，我还没说我是如何制作烤馕的，也是用的牛粪……

夜晚来临的时候，我心事重重，花毡和被褥都好像有不明成分，让我疑神疑鬼。沈师傅好心地在地台边上为我浇水，让我用手接着细细的几捧水洗了脸……没有卫生间，就算蒙古包外的星空多么璀璨耀目，我也只能感觉到无所适从，我和衣而卧，收紧身体的一切感观，我好像无法在这里生活一天，甚至几个小时……

浪漫的牧民生活就是这样被硬生生地终结了。

黑暗中，我倒是想起了我的幼儿时期，爸爸为我找来的那只猫，我不敢与它深邃的眼神对视，我还害怕它令人惊心的牙齿，就如同现在身下的花毡，今晚就餐时新鲜的烤馕。真实和现实来得就是这么突然，对于这一切，我好像都没有准备好，我沮丧极了。

第二天，沈师傅笑眯眯的，他睡得很好，一点问题都没有。不过他特意对我说，今晚我们将到达布尔津，这可是个大城市，他会预订一个好的酒店，他意味深长，我气短心虚。

后来，我们的旅行一直有网络，有酒店，有越野车。只是再看到毡房牧民，我再也无法讲述我的牧民家庭生活了，如今，他们的生活在我的心里，更具体，更遥不可及，更让我力不从心。

那天黄昏的时候，在喀纳斯的图瓦新村里，我们被几个图瓦族小伙子鼓动着去骑马。我记得在我的牧民生活中，我是会骑马的，但有时在转场的路上，如果遇到河流，我就会害怕，骑着马在河边彷徨不已。那时，斯马胡力会回过来，他跳上我的马，从后面抱紧我，吆喝着帮助我策马过河。每当这时，我就发誓以后再也不用汉语叫斯马胡力"小家伙"，也不去抱怨他总是独占家中所有最好吃的东西。

现实中，就在今天，在那匹黑马上抱紧我的，应该是一个图瓦族男孩，他看上去又黑又瘦。他把那匹黑马骑得飞快，草地大得无边无际，我也不知他要跑到哪里去。马背剧烈起伏，我听到他高声吆喝，马越跑越快。我听天由命地闭上眼睛，想象自己与那个想象中的我合二为一，不要害怕，我要相信斯马胡力，他不是个小孩子了，游牧民族家庭中的男孩成熟得很快，他们很早很早就成为家庭的支柱，像个成年男人那样保护着家里的女人和牛羊。

果然，他安全地带着我过了河。那是一片更大更深邃的草场，夕阳的最后一点光线好像都留在了这片草场，无限广袤，远处一排排白蜡树雪白的树干，在夕阳里闪着耀眼的光，树叶比其他地方更黄，沙沙地迎着风。远处草地上还有两匹马，一白一棕，见到我们，突然狂奔起来，我的马也激动起来，冲上去与它们并肩飞奔。那时，天地在我上下左右，这样没有目标，没有对照物，只感觉自己随着马的节奏剧烈起伏。那时，脑子是空荡荡的，世界也是激烈而模糊的。我听见那个斯马胡力在我耳边低语，他用不熟练的汉语说："这是我的白马，我的白马！他是我的！"是的！白马在奔跑中这么耀眼俊美，他是你的，这里全都是你的！你看天又如此暗，好像马上要黑夜了！

让我可望而不可即的生活，让我向往又心生畏惧的土地啊！就这一刻，因这静谧的暮色奔腾的骏马让我稍稍地靠近了一些些，我看到了为我跳舞的阿克拜妈妈，还有卡西，还有身后的斯马胡力，是的，这里都是你的，你们的，而我只是，我只是心驰神往，我只是冲动着任性喜爱，可我又多么害怕看到你们在转场途中被雨水浸透的所有家当。我也害怕看到你们长期居住旷野，因缺乏维生素而溃烂的口腔。我向你们说，我只是路过，我刻意地路过这里，其实我只是想离你们再近一点点。

事实上，那个牧民家庭中的汉人女孩，那个过着牧民生活的我，是写《我的阿勒泰》的李娟。我想起她曾说，每当我在深绿浩荡的草地上，走着走着就跑了起来，又突然地转身，总是会看到，世界几乎也在一刹那间转过身去……

就在那时，李娟说她看见了某个人，热切又温暖地等待着她。而我，就在图瓦新村某个空旷的草场上，由斯马胡力保护着策马飞驰的时候，就在他用力攥过缰绳，让马扭身掉头的时候，我也看见了一个人。

她寂寞地站在一片夕阳的辉煌中，无法感叹美丽，拼命压抑着无来由的感动。她那么幼小，明明就是那个当年执拗任性的我，因为那么爱猫却不能真正去接近它，抚摸它，拥有它，终于因着对自己的无比失望而沮丧地大哭起来。

真实以外——那里是高原

鲁朗的彩虹

当鲁朗午后的阳光突然出现在一阵暴雨之后时，司机次仁把车停在了一片开阔的草甸边上。他下车后抬头四顾，果然找到了彩虹。那时，车上我的另外三个朋友，着了魔似的没了高原反应，怪叫着冲下车去狂欢。我因为从然乌湖出来有点玩得过头，气喘且头痛，看到次仁在抽烟，就过去学着他的样子蹲在他边上。

我们才认识两天，交谈不多，我问："次仁，你去过可可西里吗？"

次仁点头，他含糊的语调总是带着藏腔："去过去过。"

他举起一只手晃了晃："去过十二次。"

我不由得侧过身去看他，他的脸像一块黑红黑红的油布，刻着一道道深深的皱纹，上翘的嘴唇明显做过不太专业的修复手术，眼睛却是非常清澈。此时高原的阳光毫无遮拦地照在他的脸上，他的表情看上去并不是十分得意，也许他更在意去可可西里的次数以显示作为我们一行四人此次西藏旅行的司机兼向导，他的经验绰绰有余。

我在此时却是心情复杂。三年前，我写了一篇小说，因为要写生死离别来吸引读者，我把主人公的死安排在了可可西里。可三年前的我，连现在脚下这棵鲁朗的小草都没见过，更别说可可西里了。小说刊登后，好多朋友都来问我，是不是去过西藏了？我厚着脸皮安慰自己，反正我总有一天要去的，看着图片描写场景，写小说的人都干过吧？

现在，我终于踏上了这片高原，虽然我们的行程最远就是纳木错。但身边这位其貌不扬的次仁，因为去过可可西里，而且是十二次，我就无来由地对行程充满了幻想，对次仁也崇拜起来。

我说："次仁太厉害啦，刚才另一个车的向导还说，次仁开车很棒！"

这是真的，路上好多司机相互是认得的。这个1964年生的次仁像个孩子似的笑了，而且还不好意思地用力屏住，样子憨厚可爱，我大笑，他居然害羞似的用手假装要打我。

远处，我的朋友胖子，正挥舞着一顶金色的草帽，在两边都是黄灿灿的云杉和茂密的灌木丛的公路上旋转而来。我们的摄影师志，这位独腿大侠，正挂着双拐在为她狂按快门。那时，胖子背后的天空，是我平生从未见过的湛蓝的挂着弯弯彩虹的天空，而志面对的白云，是我一辈子，不，是到今天为止见过的最低、最近的云朵。就在她转到镜头前，唰的一下，将帽子抛出去的一瞬，阳光为她，为独立着的志，为那顶旋转的草帽，为远处那片墨绿的草甸，那涓涓的细流，那原始的木篱笆，抹上了一层不可思议的金黄，4000米海拔的高原沉浸在雨后一片辉煌之中。我甚至怀疑是胖子激烈的情绪让氧气更稀薄，因为我的眼前，这绝美景象令我心悸头痛，眩晕窒息。

这个令人无限遐思的美好午后，我们的行程进行到了四分之一。正是在这四分之一之后，我们详尽策划的行程发生了巨大的变化。我怎么也没有想到，在行程的最后，我居然真的触摸到了可可西里漫天大雪的一朵。我们也从未曾料到，因为高原反应，我们会在林芝挥别志他们这一对夫妇。此刻定格在画面中的我们，对未来的行程充满着想象和激情。

鲁朗午后那道彩虹，伴随着可可西里遥不可及的梦想，志的相机恍惚传来咔嚓声，我多么愿意相信，相机里的画面能够让我忘却在那一刻，我曾置身真实以外。

中秋　然乌湖之月

就在鲁朗午后遐思的前一天，我们早上从林芝八一镇出发，经波密、色季拉山、鲁朗一路过来，到达然乌湖，计划晚上宿然乌湖蓝湖驿站的草原总店。此次行程中间，最重要的是翻越 4720 米海拔的色季拉山口，运气好的话，我们能看见南迦巴瓦峰。色季拉山口的南迦巴瓦峰非常有名，在藏民心中，她是座神山，只有运气好的人才能看见。因为这件事比较不确定，次仁说他今年已经带客人上过七次，但都没有看见南峰。为了减少失望感，每每经过雄壮的大山，只要山顶上有白雪，我都会问次仁，南迦巴瓦峰也就差不多这样吧？次仁笑而不答。大约在中午十点，我们上了色季拉山口。当时并没寄多大的希望，一上去，坐在副驾驶座上的志先是一阵惊呼："有了！有了！"我们后座的没看见山峰，但见车边上人群激奋，个个满脸惊喜，不禁心中微微一动。下车后，不用寻找，南迦巴瓦峰就这样清清楚楚地呈现在了我们面前。

这真是件神奇的事情，因为它和你之前想象的完全不同。它似乎不是一座真实的山峰，它就在远处两座植被茂密的大山峰之间，不，是之上的云层之中，或者说，它就是在天上。你不知它有多远，也不知它有多高。它四周被云雾环绕，雄壮的山峰白雪皑皑，层层叠叠，有三个大主峰和两个小峰。你可以想象我们就像在看电影，或者是看海市蜃楼那样仰望着、远眺着它。慢慢地，有云层靠近，模糊了一座主峰，但一会儿，霞光万丈，它又异常清晰，通透雪白，耀眼夺目。

这多么不真实！我猛然回头，急切寻找胖子或者志，似乎有话要说，可是，我一时语塞，无法叙述，我要如何来形容这样的我们称之为的景色抑或我们称之为的心情呢？语言失去了意义，是啊，这里路途艰险，氧气稀薄，这里让你心悸头痛，心存畏惧，可我们曾如此热烈向往，冲动相约来到这里。如果是被某种神秘召唤，那我们怎么能自已，又怎么能知所以！再回首一刹那，我有匍匐的冲动，却没有了表达的欲望。

下山的时候，我们一路沉思无语，倒是这个次仁，每每路过大山峰，就开始调侃我说："这是南峰吗？哦，原来是南峰的老婆！哈哈，又来一个，是小老婆！"

这下轮到我冷笑着斜眼瞪他，他越发得意地晃着头，今年第一次看见南峰，他也是非常兴奋。我心里暗笑，比喻还真恰当，这个自然的精灵，他见过多少神奇的景象？他没读过书，自然却已厚施于他，他的内心应该是如何丰富和博大？又有谁能知道？！

傍晚时分，我们到了海拔3700米的蓝湖驿站，驿站的草原总店就坐落在然乌湖的尽头，一片无垠的大草原的最深处。他们的房间非常特别，一律大窗，不能开，就对着对面的草原和雪山。那一夜夜深的时候，我被一阵头痛和心跳惊醒，手机显示1时03分，身体的不适和孤独带来隐隐的恐惧不安。翻身起来，抬头看见大窗外月光如炬，是的，今天正是中秋，就在几小时前，我们还在露台上唱过《月亮代表我的心》。我找了两颗高原康和红景天，一股脑儿吃下去，然后裹起被子，盘坐在床上对着大窗吸氧。中秋的月啊，我近了你九千尺。

神秘高原缺氧的子夜，天地在远处浑然一体，巨大的苍穹弯弯地压在我的窗前，我呼吸困难，头痛欲裂。可是，那静静落在床上的月光，带来一股力量。那时的我，被宽厚仁慈包围，似乎在说，不用怕，会好的。那时天地也似乎打开了一条缝隙，暗示我那里有不可能。是的，生活让我们有太多太多的不可能啊。我想象志，抛去双拐伫立在那里，健壮的双腿，张开手臂，拥抱他的爱人。而我，可以絮絮向父亲诉说三十多年来离别后的思念，回应我的，是更空旷的天空，带着久违的爱抚，深深的安慰。我似乎听见那边说，从未放弃，不曾远离。

我应该就在那时渐渐入梦，梦里我笑着挥手，似乎在让他远去，我已释怀。

醒来时，窗外深深浅浅青黛一片。月亮还在，只是淡白，云层似有火红，却未曾坦露。近处一片草原广阔无边，尽头与雪山相连。低头看自己，还是裹着被子，床上散着药盒氧气罐。昨天，我真的见到了南迦巴瓦，如此神奇雄伟，却似海市蜃楼，今晨子夜，天地苍穹给予惠泽，来自虚无，却真实难忘。我这是怎么啦，面对窗外的一片真实我却恍若隔世。

"布达拉！布达拉！"

在然乌湖的清晨，我恢复了体力，神清气爽地去敲胖子的门，胖子已经起来，昨晚她也头痛心悸，现在好了，但她告诉了我一个坏消息，志的老婆阿群，昨晚没能抵住高原反应，现在正发烧。早餐的时候，我们商量了一下，放弃了来古村看冰川的行程，直接返回林芝休整，希望阿群快快好起来，明天可以顺利地去拉萨。这样，一行人匆匆整好行装，踏上返程。

在经过文章开头那一片美丽的鲁朗午后的彩虹后，我们在傍晚回到了林芝八一镇。志夫妇去镇上医院看病，我和胖子就在镇上闲逛。可是，医院传来的消息不太好，志夫妇二人都有感冒症状，医生坚决告诫不能去拉萨。

分别让人非常非常无奈和沮丧，志带了六个镜头，群买了一箱子美丽的衣服。旅程也许就是这样，当它一点一点进行的时候，每一个变化都是那样不经意，却实在是必然，让你那样无奈，抑或伤感，或突然激起莫明的冲动直至让你狂热惊喜，也会让你失望痛苦，泪流满面。我们四人在这样的变化面前一时间心慌意乱，犹豫不决。次仁后来告诉我，这样的事在高原上实在是很正常，高原曾让多少人梦想破碎，甚至生命终结。

次仁将车停在酒店门口，一再催促我们两个女人赶快上路，这样才能保证晚上赶到拉萨。现在，进拉萨都是一路限行的。上车后不久，胖子收到志他们发来的林芝美丽的落叶照片，得知志他们恢复不错，并决定去成都好好游玩一番后，我们七上八下的心总算落了下来，专心去看窗外的景色。

当一切无法改变时，我们接受现实的时间短得令我们自己都有些不好意思。此时的我们，已经神情激动地和次仁一起，行进在美丽无比的尼洋河边，一路向拉萨这个圣地蜿蜒而去。

只剩两个女人，行程似乎不那么重要了，这给次仁平添了一种责任感。他这一路从未带我们去任何收费的景点，一路上的景点他都认真地停下来，陪我们看过。我记得的是"中流砥柱""茶马古道""米拉山口""松赞干布出生地"。

为了代替志给我们拍照，他学得非常认真。有时拍出一张好片，我们会随口大喊："次仁，我会感谢你一辈子！"他非常激动，拍得更卖力，后来，我们又喊："感谢你两辈子！"他把车停在某个景点，好多藏族司机看他车上只有两个貌似美女下来，就打趣他，有个司机过来打招呼，说："扎西得勒！"他接着说，"我说想要和次仁换一下客人，他不肯。"

次仁好像小孩子害羞一样去追着他打。

我们高声说："不换的！次仁现在不是司机，他是我们的摄影师！"

次仁对于我们这套马屁和恭维似乎很受用。这一路，我们和次仁之间的好感突飞猛进，这为明天我们突发奇想——要去可可西里，打下了至关重要的感情基础。

米拉山口海拔5130米，这是我们进藏几天来迎来的最高点。林芝出来时买了四个氧气罐就是为了用在这个山口上。上山口时次仁提醒可以提前吃药，我们都服了高原康。到了山口，倒是一番热闹景象。五彩的经幡密密地拉在山口上，还有一些人在做些小生意。车没停稳，就有一位大叔隔着窗要我们买他的经幡。这位大叔也真是的，买就买经幡呗，他还鼓动我们将亲人好友的名字写在经幡上，他再将经幡挂在山口上。这下，胖子就和我跪在五千米山口的风口上，开始写亲人好友的名字。离天近了五千米，风速奇大，我写着写着就开始觉得自己非常想念他们，觉得自己很爱他们，又想有很多事都要感谢他们，还遗憾那么那么多的事无法为他们完成，就像这样和他们一起分享五千米高空的感受。总之，我想着写着，眼泪就开始稀里哗啦，一发不可收拾。因为戴着墨镜，胖子并不知道我是怎么了，她以为我感冒了，催促我马上回到车上去。这情绪一激动，后果非常严重，下来的一路上，我萎靡不振，抱着氧气罐，不时地来一两口缓解难受，直到次仁提醒：

"不要吸了，快三千多米啦，拉萨要到啦！"

　　听到拉萨快到了，我一把把氧气罐给扔了，有时人真的还是需要一点精神的。看窗外，接近黄昏，拉萨越近，景色也渐渐地苍茫起来。因为一直被限行，我们经常停车小憩，远眺美丽的尼洋河风景。此时，山一律转为黑黑的石头山，没有植被，云层压得低低的，近处种着成片的青稞，黄灿灿的，快要成熟了。夕阳西下，白云投下巨大的阴影现在山上，落在青稞上，停在水面上，沉静中带着一股力量。如果说林芝让我像回到了江南，那么此时，拉萨，更像让

2012年10月作者摄于布达拉宫前

我到达了梦想中的故乡。我学着用次仁的思维说：

"林芝是个女人，拉萨是个男人，次仁，对不对啊？"

没等他点头，我就对着青稞大声宣布："我，更爱男人！"

胖子、次仁和青稞们一起耐心地听完了我的激情演说，三人继续上车向前行进。

我们被最后一个检查站限定在晚上八点之后方可进拉萨。八点以后，我们进城了。拉萨在某些方面和我们的每个大城市非常相像。我们车进入了繁华路段，居然开始堵车等红灯了。胖子和我一样，在城里总是懵懂和辨不清方向，她在问次仁：

"我们订的酒店在哪里？应该是布达拉宫边上的吧？"

次仁随手一指前方，顺着他的手指，两排亮着的路灯，再沿下去，一片辉煌！是的，是的！眼前这片辉煌，正是无数次看见却从未亲历的圣地！原来已经那么近，那么咫尺相对了。

次仁在念："布达拉！布达拉！"

他一路上经常要念经，这句布达拉用类似经文的语调念出来，有一股特别的氛围。越靠近布达拉宫，次仁念经的嗓音也越高了起来，中间夹着布达拉这个词。车里，胖子和我似乎不能再高声欢呼我们到达了这个心中的圣地。此时，那辉煌中的美轮美奂的建筑，传递着一股神奇又庄严的情绪，我们忍不住轻声和次仁一起呼唤，用的是他的语言：

"布达拉！布达拉！"

可可西里 我想找到你

拉萨的一晚让人非常舒适安逸。早上，胖子穿一件翠蓝的长衣来见我，我换上白色麻布小西装，我们准备在拉萨城里好好享受一下清晨的微风、午后的酥油茶。早餐厅里，我们和阿原见面了。阿原是我们的朋友，现在一直在拉萨工作，我们一路行程多亏他的策划。他告诉我们，已经为我们订了明天布达拉宫的门票。这样，我们的行程基本都安排妥当，后天让次仁开一趟纳木错，就可以胜利返回了。他后来抱歉地和胖子说，他只有上午几个小时陪我们玩一下，因为今天有一班朋友要去可可西里，他必须陪同前往。

"可可西里？！"我极力稳住情绪，试探着说，"我们俩可以跟去吗？"

我多么感谢我的朋友胖子，她在完全不知道可可西里是何方神圣时，义无反顾地站在我的一边。她说：

"对，我们有车，可以跟着你们去！"

阿原端着咖啡，半张着嘴。是的，要是他知道，对面这两个女人，一个曾经浪漫地看着可可西里的某张图片，在纸上写着风啊雪啊的，而另一个，很有可能把可可西里当作是一个有藏羚羊的野生动物园，那么他的眼镜肯定已经掉在地上了。可是老天做证，他当时面前的两个女人，表情严肃，面色红润，眼神坚定。这种错觉给了他强大的信心，他说：

"如果次仁同意，就跟在我们两辆车的后面。"次仁是阿原介绍给我们做向导的，可可西里不是在计划的行程中。

次仁难道会不同意？是的，在后面的行程中，我们终于知道，他们，才真正知道什么是风什么是雪，什么才是可可西里。

次仁果然在电话里嗯嗯啊啊起来。阿原一再向他解释我们并不是穿越可可西里，只是两天的行程。胖子许诺他加钱，他说不是这个也不是那个问题，那是什么问题？我发急了，他不是自己说过去过十二次，别人没听到，难道还想在我这里赖掉不成？我抢过电话。

这边说："次仁，你怕了？！"

那边说："怕？我不怕！"

这边又说："那是在怕我们两个女人不行喽？"

那边又说："女人？行的。"

这边又说："那还啰唆什么呢，你做下准备，十点在酒店大堂见！"

那边没声音了。

我花拳绣腿，次仁败于无形。

车子问题解决了，胖子和我跟着阿原，踱步出了酒店。阳光充足的拉萨城，空气清新，天空湛蓝，白云朵朵。对于我们来说，氧气非常充足。先去罗布林卡，因为开门要九点半，我们决定不进去了，布宫前游人并不多，白色的建筑还是充满了神奇的魅力，这个拉萨城，还没见到真面目，今天就要离开，着实让我难以割舍，索性和朝拜的人一起跪下，默念："求求你让我的机票改签成功，这样我从可可西里回来，仍能再来看你一眼，扎西得勒！"

当次仁穿着格子衬衫外加一件毛背心，戴着雪白的手套，表情严肃地端坐在驾驶座上，两只大大的氧气钢瓶和一些补充能量的食物被搬上我们车的后备厢时，可可西里的气息开始浓重起来。胖子和我议论，次仁看上去有点紧张，明显不爱打趣了。胖子还说她在我们车的后备厢里看见次仁带了灯、睡袋和帐篷。是的，前方的路肯定不是风花雪月，胖子和我应该没有做好完全的准备。但我想，那时的我们，有着很多来自想象中的浪漫与激情，这不是很重要吗？总之，我们出发了。

出了城，天的尽头有沉沉的深色的云，次仁说，纳木错下雪了。阿原搭坐在我们车上，他说如果遇上下雪，路会封掉，我们只能返回。这下对我打击不小，我说次仁，你打个电话给老天，让他别下雪，这是我们一路经常玩的游戏。他用手当电话开始用藏语叽咕一番，回头认真地告诉我：

"没办法，还是下雪的。"

胖子在他的后面戳他，认为次仁是故意的，这以前，他和老天爷的沟通总是很顺利的，他就是不想去可可西里。

我不无担心地看着车窗外，拉萨城已被远远抛下，天空仍是湛蓝，阳光仍是耀眼。二百公里开外的纳木错的雪是怎么样的？这次，就让我来相信自己吧，直觉告诉我，我会遇上风雪，但也告诉我，可可西里，只要你想着他，你就能找到他！

纳木错果然下过雪，但我们经过时雪过天晴。她真的如天湖一般高高在上，现出极深的蓝色，一如我常常在图片上见过的样子。但今天，她有了冷冽的空气，呼呼的风声，有了温暖的富含紫外线的阳光，伴随我因为氧气稀薄咚咚起伏的心跳。这曾是我们此次旅行的终点，现在，她只是一个途中景点，我们不能逗留太久，因为我们必须在天黑之前赶到班戈县。

班戈县是进入无人区的最后一个县了，也是我们唯一能落脚的地方。这个被戏称为"半个县"的地方海拔 4747 米，幅员辽阔但人口稀少。班戈县肖书记请我们一行吃饭，我听见他说，刚在前天，一个游客就在这里的客栈里长睡不醒了。因为类似情况很多，他说起来并没有一丝忌讳，似乎忘了我们也是初来乍到的游客。

我们被安排在天湖宾馆。这个宾馆看上去更像一个简易客栈。胖子和我被安排在一间，且只有一个大床，还被告知晚上八点以后停水停电。对于我们来说，这是入藏以来海拔最高的一晚，也是条件最艰苦的一晚了。胖子和我互相鼓励着，都不敢对彼此流露半点退却。次仁认真地将我们两大箱子行李搬进来，又搬进一只大钢瓶。我们服了红景天、高原康，两人分吃了一颗安眠药，把氧气轮着吸了一阵子，各睡一头躺下。

应该就是在凌晨一点的时候，高原反应同时袭击了我们两个人，我们几乎同时醒来。黑暗中，心脏直接跳到喉咙口，头痛难忍。漆黑寒冷没有月光的深夜，我几乎失去了所有的勇气和力量。我用手机做照明，胖子抖抖索索起来找药，还是找了安眠药加头痛粉吃下去。我有点担心，我说安眠药吃了，怕有反应不知道会不会有事？胖子说，管这些，今晚能过去就行。迷迷糊糊挨到了凌晨五点左右，胖子开始干呕，我头晕恶心，状态很不好。不一会儿，就听到外面朋友在喊起床了，是的，是说今天要早起，要一气赶到珠峰大本营。又过一会儿，听见次仁在外面敲门。我把门一开，只见次仁他头上顶个大灯，亮闪闪地就进来了。这一亮，我们俩的神志仿佛清醒了很多，他把我们的两箱几乎没动的行李又搬到车上。客栈外，三辆车又排在了一起。

车上大家沉默不语，我想，次仁也许更知道我们是否能适应这里，他一直在担心。今天早上的样子，让他更是愁眉不展。

黑暗中我说：

"次仁，我们如果不行的话，你要把我们送回去！"

他说：

"好！"

我把这当成了托付，因为我要继续去找我的可可西里。

可可西里的生命和爱情

胖子和我坐上次仁的车，黑乎乎地跟着前面两辆车一起去吃早饭。这顿早饭在班戈县可以算得上奢侈，是一碗有一些青菜的面条。大家就着几支蜡烛默默地吃。一位临时选就的队长拿出几粒黑黑的药材来，说这是他的高原秘方，吃了就没反应了。我和胖子管他什么东西，一人一粒抓来就吃。吃下去面面相觑一番，似乎果然也许，还真有那么点好起来了。

大家昨晚都没睡好，再宿海拔 5100 米的珠峰大本营怕身体抵不住。临时决定，再深入可可西里，到达色林错后即返回，这样再赶回拉萨。色林错是可可西里的一个湖，藏语里，错就是湖。这样讨论完后，我看次仁松了一口气，情绪也高起来了。他后来很认真地对我说："如果你们再要进去，一旦有事，我送出来的时间不够。"次仁做了三十年的向导，生死看得太多了，但他从不说不吉利的话，这是我们安全返回时，他才说的话。

班戈县的晨曦据说总是来得很晚。那一天清晨，在呼呼的寒风中，我们向着漫漫的无人区驶去。天快亮的时候，突然漫天大雪。而次仁，开着开着，他越来越慢，大雪和着大团的白雾，一下子，前面两辆车就消失了。

我一下子紧张起来：

"怎么回事，为什么停车？次仁！"

次仁回头对我说：

"他们开错了，不是这个方向，如果这样开，他们去那曲了。"

"啊？！"

回头四顾，雪片在车窗外狂舞，茫茫然一片，没人能告诉我那曲在哪里，色林错在哪里。阿原拿出手机，哪来的信号！

我们似乎一步间失去了文明。次仁却开腔了，他让我们看雪地里的车辙印，隐约是两辆车的，所以他可以确定前面车的方向，如果是这方向那么他们很快就会知道他们错了，错了，当然要返回。次仁推理完成后便一声不吭，坐等前面两辆车回来。

车里，阿原在不停地移动手机，希望有一星半点的信号，胖子在玩视频，她用煽情的腔调说：

"我们在可可西里遇上了大风雪，现在迷路了！"

她又兴奋又刺激，我恨不得去掐她。因为我突然想起我那篇小说，在小说里，我正是这样地描写可可西里的风雪，并顺理成章地用笔将我的小说中的男主人公杀死在和今天一模一样的环境里。

我被这个巧合吓到了，一下子抓住次仁的驾驶座后背，指甲发白：

"次仁，如果现在你原路返回，有没有问题？"

他奇怪地看了我一眼，似乎很不在意我的大惊小怪："没事的，他们知道路错了，会回过来的。"

"晕！你说他们回来就回过来啊？！你神仙啊？"我带着哭腔骂他。

后来据胖子回忆，一共才等了十多分钟吧，前面两辆车就回来了，而且两位资深司机一致承认是他们错了，次仁是对的。好吧，次仁是对的，我是被我自己的小说吓的。

在我眼里，没有路，没有方向，三辆车却在风雪中一起朝着次仁说对的方向开。次仁再一次牢牢地握着方向盘，朝目标前进。

是什么在指引他们，又是谁告诉了他们？带着茫然如我一样的人，去寻找所谓的我们的梦想。

至少在这一刻，我无限惭愧。是啊，我终于明白，我小说的主人公只能在这里死去，那本就是我的内心，没有了次仁的带领和指引，我的心必将困顿于这根本无法触摸的可可西里。

车子继续往前开，两边的景色渐渐清晰，渐渐辽阔起来。阳光点亮大地的时候，两边已是清晰到刺眼，辽阔到无边了。近处的土地呈现金黄的色彩，远处云层出现不可思议的五彩斑斓。我把头探出车窗外，耳边风声呼呼，冷洌却不刺骨，伴随车内 CD 中大声播放的"美丽的姑娘卓玛拉"，我想象自己年轻得就像卓玛拉，骑着一匹骏马，去见相爱的人。

　　突然，次仁大喊："藏羚羊！藏羚羊！"果然，远处有几个小黑点，前面车也看见了，打了方向就追。靠近的时候，我们忍不住要下车。

　　"下车就要跑了！"次仁提醒。

　　三辆车的人还是都下来了，那高傲美艳的生灵一下子就消失了。我们就在旷野里欢呼，间或天上一大群飞鸟，姿态优美地在我们头顶盘旋，几个来回后绝尘而去。

　　站在了可可西里的黄土地上，我才发现，地上间隔着会有一个一个大圆洞，我傻傻地看着，次仁说：

　　"这是老鼠洞，你稍稍等一下它们就出来啦。"

　　我瞪着这一个一个的大洞，想象一只只硕鼠立刻就会冲出来，吓得自己先冲进车里。次仁说老鼠是可可西里的特产，很多，如果在无人区待的时间长，他们会抓来吃。

　　这一路，藏羚羊不时出现，有时是四五只，最多一次有十多只。车开着开着，前面路上站着个黑乎乎的动物，好像不怕车，等着似的。近了，像个小孩似的，是一只大鸟。就在我们车与它迎面交会的时候，它突然展开巨大的翅膀，低低地掠过我们的车前。车里一下子被遮了光，大家一阵惊呼。次仁说这就是秃鹫，它在找尸体呐！

不知过了多久，色林错到了。湖面有水汽，雾茫茫，走近一看，居然下雪了，可就在湖边，阳光耀眼夺目，照在雾气云层间，折射出奇异的光彩，那湖水，犹如蓝宝石般晶莹通透。自然多么宽厚，就在短短的几小时内，我们遇到了风雪，又看见了阳光，刚刚因为寒冷而穿上了羽绒服，现在又可以穿着 T 恤在温暖的湖边欢呼，人类所称的无人区，各种野生动物却在这里生机勃勃。

这真是一片神奇的土地！广袤无垠的大地，美丽的湖泊点缀其中，衬着雪山后的蓝天白云，而于我，绝非只是眼前的壮观，这曾是梦中的故乡，是情感的皈依之地。远处，朋友们围在一起，兴奋地欢呼雀跃，他们对着大地天空高喊：

"我爱你！"

我也冲动起来，爬到车上，拉着车顶的行李架，对着几朵白云大声说："你！你！还有你们！一定要幸福啊！"

这就是那篇以西藏为背景的小说的名字。

我想告诉所有的人，那篇小说中的艾可就是我，她一直向往这片土地，这个她从未真正到过的地方。她想在这里找到她想要的东西，她觉得在这里缺氧，在这里窒息甚至死去都是值得的。在虚构的故事中，她来到了这里，并遇见了生死相守的爱情，"你一定要幸福啊"是男主人公在可可西里临终前给妻子最后的留言。艾可就在那时懂得了生命和爱情。

后　记

　　返回拉萨，次仁要不停地开600公里。因为平均海拔太高，景色又让人过于兴奋，我一路上断断续续地吸氧。次仁看上去也很累，他不时地念经，并经常把头伸出窗外吹风让自己清醒。我们就让次仁听他最爱的藏语歌，让他抽烟。这一路，次仁是不在车里吸烟的，为了我们，他在车里放一些汉语的歌曲。他听见我们让他听藏语歌和在车里抽烟很高兴，所以我们的回程一路上都伴着不知名的、曲调雄壮的藏语歌曲。

　　次仁终于安全地把我们送回了拉萨的酒店，虽然已是深夜，但他为我们省出了一天半的时间，这样，我们就可以明天去布达拉宫，后天返程。

　　最后一天，我们去了大昭寺，再就近坐进了玛吉阿米店。三点的飞机，我们都不去在意。幸亏次仁急急赶来，将两个沉迷在酥油茶和仓央嘉措情诗里无法自拔的女人一路小跑慢赶，在最后一秒送进了贡嘎机场。

　　下车的时候我说：

　　"次仁，你会来杭州吗？"

　　说这话的时候，我想象了一下次仁和西湖，觉得怎么也搭不上边。

　　果然，我听见次仁干脆地回答："不会！"

　　"那，只有我们再来了！"胖子说。

　　次仁说："好！"

2012 年 10 月摄于可可西里（左：胖子　中：次仁　右：作者）

我们拥抱告别。

回到杭州，大家就各自上班忙活了。一周后的一天，我下班后去胖子在江边的写字楼，她的办公室人来人往，样品、文件堆过来堆过去。我坐在她的沙发上，头都晕了，很有类似高原反应的感觉。

胖子瞧一个空当，啪地跳过来，悄悄地说：

"哎，人家说我去了趟西藏，像谈了场恋爱一样哎，整个人都变啦！"

她的大眼睛在长睫毛下闪出亮亮的光泽，好像是有点不一样。

"你呢？"

"我？"我想了想，"睡的时候清醒，醒的时候做梦，阳光刺眼的时候以为自己在西藏。"

"啧，啧，醉氧了，醉氧了。"胖子又冲出去。她没有时间醉氧。

是的，我想我大概是在醉氧的过程中。现在我是醒着，却明明看见是次仁，他指着前方：

"藏羚羊！藏羚羊！"

我的眼睛总是找不到，急切地高喊：

"在哪里？在哪里？"

次仁把车越开越近，藏羚羊近在眼前，他说：

"小心小心！不要下车，下车就跑了！"

我就说：

"好美呀，漂亮的藏羚羊！"

在回忆中醒来，办公室仍是繁忙一片，我却心在旷野，似有哽咽，难以平静。

现实之浪漫主义——凤凰笔记

以前读沈从文的《无从驯服的斑马》，看他淡淡地写他的童年往事，那些发生在沱江边和凤凰城里的故事常常让我抱着书，痴痴看呆了过去。打铁匠、洗衣服的女人、江里的小鱼…… 每一件事被他慢慢地诉说，一点一点就写到最深处里去。他真是个浪漫的男人。而我想象中的那个沱江，好像永远衣食无忧，歌舞升平。

凤凰并不陌生却非常遥远。终于在这一天，我们一行四辆车披星戴月三千里直奔凤凰而去。

到时已是深夜十二点了。有一段路恰好可以俯看凤凰城，算是惊鸿一瞥，没想到凤凰如此辉煌地亮着，流光溢彩，有一瞬我居然想到香港的太平山顶，倒是惭愧了一番。凤凰是不夜的，我们被安顿在一个吊脚楼里，沿着石板路去饭店，临江的饭店，是矮桌子、小竹椅，点的菜都是网上看来的攻略菜，满满两桌子，剩了大半，腐败完了匆匆回去睡了。

早上是被江上的捣衣声、鸟鸣声和船上的山歌声催醒的，披一件外套推门出去，风凉、雾薄，那个我心心念念的沱江一模一样地弯着，好真实，又似寸寸江水熟稔在心。一路再踱出去，都是青石板的小街，两边翘檐的苗家木楼，不是客栈就是小吃，或者是小商铺。在城墙边的空地上，还有很多苗族女人背着竹篓来卖些银饰、绣花

2009 年 2 月摄于凤凰古镇，手上这块就是淘到的手工绣品

小荷包等小玩意儿，因看苗族婆婆可爱，就在她篓里挑了大的圆珠子吊坠耳环，配上大珠子的项链，立马统统戴上，试图找些感觉。渐渐地太阳大了，小街上的游客越来越多，一时间熙熙攘攘起来，店里的各种表演也愈加卖力起来，几个盛装的婆婆坐在桥洞下任人拍照，几个小伙子开始弹吉他唱歌，银饰叮当，吉他轻柔，小街苏醒，好像要狂欢了。 我坐进咖啡店，本想再看一遍《边城》，却是怎么也安静不下来，沱江上山歌正酣，城内人潮涌动，我的心浮躁而亢奋着，那种寻找浪漫的心，被现实搅得忽上忽下。正好有朋友敲窗进入，这些来自城市的人啊，叫嚷着"待会儿、待会儿我们一

定要来坐咖啡吧的"，但他们的眼睛，分明散向了四方，迫切又没有目的地又汇入了小街的人流。 现实的凤凰让我们静不下来，走散了便打电话，我们说不清各自的方位，似乎无心寻找，并不想碰面。我们莫名冲动，又不知所以…… 入夜时分，吊脚楼的老板在临江的客厅里为我们生了炭火，他在炭火盆上的小方桌上覆上一块棉布，又拿一块木板压住，上面放了各色的小食水果。这样一行人，略带疲惫地都将脚伸进棉布盖着的火盆边，终于安静了下来。就着沱江的烟火，小街的奢繁，我们谈起了白日里各自看到的凤凰，也谈了沈从文，他的人，他的文章，某个细节，某张我们曾经看过的图片，他说：照我思索，能理解我…… 慢慢地我们好像离开了现实，因为我们知道，凤凰肯定不仅于此。

那一夜，头枕江水，时而汩汩，时而又沙沙，不停向西流去，好像带走了好多好多，又留下好多好多。 第二天，我在一个苗家婆婆的背篓里发现了一块肚兜，胸前细密地绣着一朵芙蓉，用淡紫、深紫、蓝色几种丝线搭配，下面是一块靛青老布，几根快断掉的丝线系着，我拿起把玩，婆婆说这个东西现在不做了，你喜欢拿去自己缝一根线嘛。我狂喜着紧紧捧着仅有的两件一起买了。正好碰见朋友，一见也冲动，婆婆的小孙女便说带我们去她家里，这东西还有几件，绣得大致相同。于是我们急急地跟着她，拐进另一条陌巷，原来她家还开着一个大门面的绣品店，却是暗暗的，绣品都是手工的土布，手绣的花样，堆得很高。里面一个苗家少妇，点一支烟，依着柜台，索性让我们自己去翻拣。她画着眼线，穿着汉服，眼睛里有着商人的狡黠，但又掩不住脱口豪放、坦直的语言。我们在黄昏的店里与她周旋着，她微微颔首，好像懂了，又一直微笑，咬着价格不放，还不时用苗语和里屋生火做饭的婆婆商量。我们就着光线细细看她的绣布，似有苗家女孩绣时的鼻息，手掌的微湿，又有被时光磨去的隐隐的光泽。店里烟雾迷蒙，时光在我们身后唰唰地退去，而我们就在苗家的土布店里沉迷不已。

那一夜，我梦见我一路去翻找苗家婆婆背篓里的绣品，却怎么也翻不到那块真正属于苗家人的真迹；我梦见自己在沱江上放一盏莲花灯，却不知它会漂到哪里；我梦见江上的烟火，体味着刹那的绚烂，却又沉浸于瞬间消失的迷茫。我寻寻觅觅浪漫，凤凰却那样现实的存在……我想我该知道凤凰有灵魂所在，只是一个异乡人无法触摸，稍稍靠近，就是无穷尽的魅力，这就足够，我已满足……

成都，夜深时的那场细雨

很多时候，我去做另一个城市的匆匆过客。因为太匆匆，我记不住那个城市的样子。只是，只要给我一天，只要给我一个夜晚，我便会像个朝圣者，细细去看那个城市的一条街，那与我擦肩的陌生的脸，还有那个城市被灯光点缀的天空。有那么几次，陌生的城市突然被我打动，在夜深人静时，微微掀开面纱，带我一步步走进她的领地，原来她是那么与众不同！那时，我总会伫立在属于她的街头，久久无语……

到达成都机场时，是下午两点钟。成都的天阴着，好像要下雨了。与旁人一聊，原来这根本不是要下雨的天，成都一年里大都是这种阴天、雾天，这就是成都的特色。原来如此！来时的满心期待被天气淡淡地蒙上了一层雾气，没来由地怀念起两小时前杭州的艳阳来。

晚餐时间。当然是当地地道的火锅，店名叫"锅庄"，据说很有特色。于是牢记吃辣不会胖的谚语，将那美味的毛肚鸭肠在鲜红的锅底里上下撩拨一番，浸润各色佐料，伴以特色豆浆的滋润欣然入口，口中似辣似麻，鼻中有那种特别的川式香味，那味道可谓是淋漓尽致。我想其实中国人讲究饮食，有点像金庸笔下古代的武功，一旦到了极致，那是剑不出鞘、行不见形的意境，所以那川味的麻辣一旦到了成都，就好比是到了极致，那麻辣就成了一种意境，出神入化，与俗称的辣更是不同层次。那个晚餐我没有觉得怎么麻辣，心里便暗封自己是武林高手。

吃完和大家告别后，自己又逛出宾馆，在路边买了地图，细细地看了，打的和开车的师傅说：我要去你们的春熙路。那是成都最繁华的街区了。也就几公里的车程，我便站在春熙路上了。此刻的成都，显出了大都市的气派，霓虹闪烁，高楼大厦林立。行走在人流涌动的街上，我抬头看那一个个的店名：如春茶、星巴克、御翠珠宝、其乐锅魁。我一家一家地数过去，试着去记住那些见过或不曾见过的店名，慢慢地去做一个成都的闲人。也许是杭州有点小家碧玉吧，异乡的奢华让我如痴如醉，这确实是件美妙的事。

没有人在等我，我不赶时间，没有人认得我，我不用寒暄。我开始买东西，这里有陌生的食物名称，也有熟悉不过的品牌店。于是手上提了灯影棒棒娃牌的牛肉，又拎了刚买的一件哥弟的衬衣，不紧不慢地游走在一个完全不属我的地方，陌生的感觉若有若无，我发现自己突然没了约束。街被我走了一圈，欧米茄的大广告牌将时间用激光打在地上，光围着我直转，整条街仿佛也转个不停。我低头去找时间，发现夜已深了。只是成都人都还没散去，一个异乡人又怎舍得离去？明天，也许不会再来了。

突然，天上下起了雨，或许是夜深的雾气吧，细细地、碎碎地落下来，就这样慢慢地落在我的身上。行人渐少了，霓虹灯仍是闪烁，整个街亮晶晶的，我有种莫名的浪漫感觉，有风渐凉，小雨微湿。成都，带着她的丰美和浪漫，像雾气般包围了我……

作者摄于 2020 年

站在街心广场，依着孙中山的雕塑，抬头去看高楼缝隙里的成都的天。雨愈来愈细密，渐渐地大起来，我想我该回去了。我想明天该去看看那个瘦瘦的杜甫，风雨吹走了他的茅屋，而他伸出双手，慷慨嫉世地吟出那首千古名诗。他是个真正浪漫的诗人，我一路暗想……

Chapter 03 | 四季

春·山村小记

　　昨天有朋友从城里驱车百余里来小山村看我。

　　于是我和她们一起去田野里散步。今年立春早，过年正值雨水，围绕着村边的山头被雾气笼罩着。我们沿着田埂一路向山边走去，两边是一人高的灰白色桑枝条，密密的，俯身去看，枝条围成拱状，应该便于开春采摘叶子。远山层叠，显出深浅不一的黛蓝色，这让近一些的白杨树更加清晰，因为没有了叶子，树干白得发亮，一排排整齐成片的树干，向上的枝丫，陪衬着山色，还有中间一条绿的天目溪，间或几只黑色大鸟飞过，山村的景色就这样略带点水墨色彩地呈现在我们面前。

　　原始的田野，据说带有人类最初的记忆，朋友们寻见刚刚发芽的桑树

摄于 2017 年 2 月乡下家中的蜡梅

条，又在竹林边看见欲破土的春笋，山风吹起头发，微寒却不凛冽。大家惊叹虽未姹紫嫣红，却万物含苞待发，春天果然如期而至。又转回院中喝茶，楼上楼下参观一番，她们便驱车回城。

后一日午后，阳光正好，山村小院四周景色越发清晰明朗，日光灼灼，我决定看书。

翻看《休闲》，正好杂志中后窗专栏作家是隔壁家陆老师，笔名陆布衣。陆老师老家小院正好和我家一墙之隔，我家蜡梅花一开，叶子大片掉在他的院子里，若想赶过去清理，却正好他家这里是个小水塘，无从下手，如此烦恼不已。

这期他的文章叫《走运》。他的文章的题目总是有点小心机。记得上一次他的文章名叫《字字锦》还有《病了的字母》。过年这期写走运，实在是很应景。走运，其实就是在运河边散步，也就是在陆老师城里家的边上散步。所以他的描写是从他家阳台开始的。后来，在一个周末的下午，他出门了，于是他一直走，就一直写。他的文章笔调一贯平和，信手历史，从阳台望出去的及散步走过的运河，人文古迹——道来。不过，我有点另外的体会，读出点悠然自得来，好似对面坐个绍兴师爷，眯起眼睛，微微晃着身体，带着一种特有的江南腔调讲述一个很有悬念的故事。后来，陆老师快走到文章最后，人文荟萃的古运河边上，他偶遇好朋友，寒暄过后，好友才知陆老师就住在附近，不禁大加称赞陆老师选择居住地的好眼光。此时，陆老师在文章里写道："我还是淡淡地说道……这是杭城最后改造的地方……"我理解的大意是：住地的选择说难亦难，说易也易。若摒弃杂念，我这样的正确选择亦是理所应当。

不知那时是午后阳光温暖，亦可能我家蜡梅又掉树叶去了隔壁，总之，此时我盯着这"淡淡"二字，竟看出厚厚的喜悦来。人们总爱着自己居所，又会爱屋及乌。总觉得那一句淡淡的，如这春天似来又寒，被隐去却隐隐作势，最终会如我们田野里看到的桑枝，一瞬间密密长出嫩芽，在陆老师心头绽放开来。

又看另一本，是李娜的《独自上场》。这书很应我的景。过去的很多年，我一直热衷于打羽毛球。参加了城市里很多打球的群，打了很多比赛。比赛走上场的一刻，有即将交锋的冲动、好胜的欲望，但大部分还是紧张，这种紧张大多来源于对自己的体能无法把握，对技术发挥不能预知，以及失去依赖的无助感，这也正是"独自上场"魅力所在。因此《独自上场》非常吸引我，它让我想起就是上周或上上周，我还没患上网球肘，常常转战各类球馆的美好时光。

我看书习惯很不好，乱翻，跳跃着看。因此我一拿起《独自上场》，第一想法就是翻到大满贯再说。本来以为作者会按顺序写，可我往后翻，大多诸如"惜败阿扎伦卡""换帅""节外生枝""伤痛"。殊不知书中把大满贯放在了第一节，后面展开的、细细叙述的伤痛和失落才是主题。至于胜利的喜悦，是这样描写的，李娜一觉醒来，仿佛昨天获得大满贯是个梦境，而此时，姜山醒了，他用力抱住她，说，"你太牛了"。

还应该有很多描写，可偏偏这段记着了。可能这段描写把一个虚幻的情节做实了，或者说确定了李娜是一个女人，姜山是一个丈夫，而原本，就是指我在看比赛的时候，我并不是这么想的。

　　合上书，没有思绪纷纷，受伤的手臂还在隐隐作痛，一时没有了懊恼，竟舒舒服服睡着了。

　　我的山村小院，靠近桐庐不到分水，有两株高高的广玉兰，还有四株四季桂，及各色花花草草。当然，这季最漂亮的，就是那株探出墙头、落叶满地的蜡梅了。

夏·无雨却听荷

　　每到荷花开放的季节，有个上海朋友便会打电话来，时时要关心那荷的成长。我也认真将每日里经过的北山路段上那一片荷情看了，细细去汇报一番。有时还在杭州网上将"荷花观赏指数"发给朋友，让另一个城市的爱荷人心驰神往。

　　到底是哪株荷花先开了？我一直搞不清楚。只是有一天经过时，原本绿绿的成片的荷叶里有艳红的一抹，我将车停下，笑着拨了电话，我说：快来做蜻蜓啊！那边一早还昏昏的，喝着：什么蜻蜓？！咦，不记得了，"小荷才露尖尖角，早有蜻蜓立上头"嘛！哦，那边毕竟是爱荷的人，便不怪我这么早打扰，约了立马要飞奔来看那初开的小荷。

残荷　摄影/茅益民

因有爱荷人召唤，那天便也早早起来，背着相机，与异乡人会合在曲院风荷，一齐看荷。荷在早晨时显得有些寂寞，叶子很大，妖媚地弯曲着，跟着很小的风摇着，微微去舞着。荷叶将湖水都掩了，那一片湖水看起来就只有荷了，花开得还不多，只是那待开的花苞也有种特殊的姿势舒展着，怪不得古人要用亭亭两个字。阳光渐渐明亮起来的时候，荷花好像要盛开了，远处有一朵，开得如火如荼，竟如透明一般，每一瓣花瓣印着另一瓣的影子，上面有细细的条纹，玲珑剔透。花透出的红有点不真实，不是纯色的那种红，如水彩画中加了粉的颜色，有点含糊。只是，因为轻薄，花瓣被光线直直地穿过，竟又是另一番地纯。花在透明地红着，而荷叶此时也透明起来，柔情地向着花，将那阴影投在花的身上，荷叶绿得欲滴，花红得孤独，那粉红和绿有些不真实地拼在一起，似有无尽情愫，在阳光下亮丽着。

　　生命在阳光下如此绽放，透明而清澈；花与叶竟如此相偎，缠绵不已。世间的真情又何尝不是如此！朋友一时动情，轻轻去吟那"映日荷花别样红"。又羡着我，日日与荷花相伴，岂不有幸！阳光照着湖水，反上来炽热的白光，又有那荷的清香和着闷热的空气，若有若无，整个湖被那红绿占据了，果然是接天连叶，只是那一股蓬勃的生命的力量，在荷的下面、在湖水的深处暗暗涌动。在那种气氛里，我与朋友对视无语。我记起有篇写荷的古文《爱莲说》，是"出淤泥而不染，濯清涟而不妖"，其实没有人会去在意那湖下深而厚的那层淤泥，那本与美格格不入，差一点它便要去毁那荷的清白。只是事实上肯定是那淤泥滋养了荷花，供给她养分，让她浮出水面，去和荷叶一起美丽。那淤泥越厚实，花开得越鲜艳，这便是真实，就像我们的生活。

于是我对朋友说，你从未在秋季里看荷吧，你该来的，你来看残荷。若是没有见过残荷，你便看不全今天的荷花、荷叶。

我觉得自己非常残酷，在这么明媚的阳光下与朋友说那秋日的残荷。只是生活本就是这样，杭州的每个秋日都有残荷，她们那么真实地在西湖里，一年一次，对于我，那样的风景是等同的，只是一个艳丽、一个凄美罢了。

"留得残荷听雨声"应该也很美吧，朋友说今年秋天，一定要来看残荷。我笑着说，那就不用我再去看荷情，残荷在秋天都是一样的。突然，就想起了那个季节，凉凉的秋风吹着，荷没有了颜色，枯黄得发黑，湖水也显出来了，清灰地两相倒映着。那时，荷便真的要落了。她要去污泥里，被淹渍，被浸润，然后消融。荷在那时显出颓废的气质来，枯黄地与同伴伫立在水中，她的叶蜷缩着，根茎弯成了九十度，低头向水。只是，在那萎靡的花瓣下，托着一只莲蓬，等着人们将那木船摇近，轻轻地摘去。那是她生命的延续，用来证明她与叶曾经爱过。我想在荷的心里，许是感激那污泥的，那才是真实的，是生命的温床。也许下一个盛开的季节里，你已经找不到那株荷，那朵荷开的花。只是，就像今天，那朵盛开在远处的荷花仍有那残荷临去前的影子，你可以想象那就是上一季里秋日的那株残荷。于是，我们都被感动，拿起各自的相机，去留住她，去赞美她……

秋·桂树浮香好个秋

　　沿着五老峰山脚，一路都有桂树。初秋寒风一吹，满树的金银桂花，小小的，一簇簇的，挂满了枝头。因为上班每天都走五老峰隧道，于是，便能不经意地闻到那初开的桂花香气。那桂花香在清晨时好像特别清冽，游荡在薄雾中，更是超凡脱俗，每每一缕飘进车窗，我便忍不住随着香气去找那桂树，只见两边树木郁郁葱葱，速速地退去了，于是再刻意去闻，香气若有若无，再寻不见了。下班时，桂花香会浓郁一些，昏暗的天色里，桂香变得厚厚的，桂树有着巨大的剪影，映在隧道口的两侧。

　　记不得这是多少次闻桂了。桂花总是年年开，开在杭城的每个角落，那个季节，整个城市传说着桂的香味，那里那里，好香好香，于是桂花成了杭城的市花。那一次，刻意去了五老峰边上的石屋洞喝茶，想细细看那几株桂树。果然，那里的桂树又高又大，必定是有些年代了。但细看那树上的桂花，很不耀眼，没有花的感觉，黄黄的，细细的，说不上美。桂树下和朋友坐定，泡了茶，桂花香便来了。整个石屋洞都弥漫了桂花香，那香味有些特别，它是流动的，像是桂花的灵性，那么多小小的精灵，说好了不分开，紧紧地裹在一起，悄悄地出发，曼妙地舞动着，在树下的人身边打转，又悄悄钻进茶杯里，然后回到枝头，微风里轻轻晃着。那树下的人，怎么也不舍，跟着那股精灵，眼神都停在那些桂树上，细细寻那浮香，轻吸慢吐，又回想当时的那股香味，似觉又像又不像，总是贪心，要时时地去体会那香味，只是那精灵们轻笑低语，不愿再去漫游。于是，只得与那桂香慢慢周旋，闲茶细果，正要开口的一刹，桂香袭来，于是放下茶，改口问同伴"可有桂香来"？那里说，刚来过，又走了……

常想，那桂树确实不一般，看似平常的树，在秋季里，却能用这小小的花蕊，将树周围的空气渲染，有一片桂树，便将整个地区渲染，于是有了"满陇桂雨"。那个季节里，那树已不是单纯的树了，三个季节的沉默，似在蓄积着某种力量，在秋季到来的时候便喷薄而出，迎风绽放，热烈倾吐。再去抬头看它，翠绿的叶子，金黄的花蕊，夹杂着星星点点细碎的阳光，茂密的生命，选择了用秋天来做背景。秋日的凉风袭来，我不禁裹紧了单衣，与春风相比，我想我更喜欢这种清冽的感觉，而它，也许也是只为秋风吧……

羊未的一天

桂　摄影／茅益民

冬·雪中方知梅

女人从她的大雕花床里起来，撩起绣花的帐幔，将它们勾在两个白铜做的帐钩上，趿上绸面拖鞋，去掀那深紫色暗花纹的窗帘。

她正好看到楼下院子的一角，原来下大雪了，白茫茫的，院子里已积得很厚了。她婆家小叔子一家三口正在大门檐下边嘀咕，女人想起昨晚他们一家打算今天一早去一个小镇上玩的，估计今天雪大了在犹豫着去不去。女人伸手将那玻璃窗上的雾气擦了擦，一片混沌的小院出现清晰的画面，犹如天上人间。那里有男人、女人和孩子，有雪，还有一株梅。屋里的女人笑了，她转头和还在花床里的男人说：瞧这一家子，今儿若是换了我，还就非去不可了！男人也笑：哪能个个都像了你！

女人没了心思再去睡，于是换下了睡袍，去洗澡。她披着大卷的头发，热腾腾地换了衣服，在镜子前画了眉，描了唇，披一件皮的毛背心便要下楼。

下楼时，那雪更大起来，大得像鹅毛似的。女人高兴起来，没带伞便走到院子里去。院子里已没了人，想是小叔子一家也耐不住，出去了。倒是那株梅，雪下露着几颗金黄金黄的小花蕊，甚是有趣。女人就站在那里，看呆了过去。那女人的男孩儿走过来，和她并肩站着，就听女人说：有一年，也是早晨起来下大雪，你外公说要做

2012 年 12 月摄于乡下老家房间

一枝梅花。那时的墙门院里，哪有梅花呀！你猜他是怎么做的？男
孩儿有些要听了，歪着头说：如何？他拿了两只小酒盅子，冒着雪，
走到家门对面的一株小树边，那小树枝条上积了厚厚的雪，外公将
小酒盅子对着雪两下一合，那枝上就多了一个圆圆的雪球，他认真
地一个个做了很多个，那树枝上便一节节地长了小雪球，他回头咧
着嘴问，像不像梅花啊？像不像啊？男孩儿未见过外公，开始耸着
肩，对着现在那株梅花说：怎么会像？定是不像的！是啊，看着也
不像啊，可外公很开心。那个年头儿，整个院子里，也就你外公会
想着用雪做梅，那时候，哪有人有心思顾这些！男孩儿笑道：那定

是你喜欢喽？是哦，女人低语。

女人还在看梅，那雪积在梅的枝节上，曲曲折折，显出凌峋的气度来，那花被压在雪里，露出的那一瓣嫩黄，却是更剔透玲珑，雪地里逼着一股子寒气，花便显得有些傲然。只是世上无数亲情爱意，却是无缘。女人在梅前站了好久，竟是要落泪了。

院门吭当一声开来，小叔子一家子回来了，他们舍远求近地雪中爬了后山，算是安慰了懊恼一早的小侄女。小侄女还没尽兴，从房里又跑到女人身边，见女人看那梅，也细细地看了。侄女有圆脸、圆眼睛，女人于是蹲下来问她：爸爸带你看了什么？侄女说松树，有雪的松树。你会记得吗？要记得那松树，记得那松树上的雪哦，女人搂紧了侄女，轻轻在她耳边说。因为你会在很多年以后，又想起那株松树，就会想起今天，你和你的一家，和我们都在一起。

就像那女人，只因为下了雪，只因为雪中的那枝梅，便想起那永远不再见的人。

Chapter 04 | 故事

你一定要幸福啊

梧桐

你一定要幸福啊

一

艾可醒来的时候，四周有点黑，陌生的环境。

"这是哪里？我在哪里？"艾可并不害怕，只是有点茫然。

随即一阵微微的头痛和空气里若有若无的酥油茶味，终于使她想起来，她，艾可，现今正睡在"微风"客栈一间临街的客房里，确切地说，是拉萨的微风客栈一间临街的客房里。

艾可努力回忆着这一切变化的由来，记忆里，只有家乡风和日丽的天气，接着就是飞机在贡嘎机场即将降落一刹那，黄昏的天空呈现的一种无与伦比的纯净。

一个人的旅行，并没有想象的那样寂寞和哀伤。艾可准备起床，她慢吞吞地洗漱，虽然是第一次来，但艾可对这里的知识孜孜以求，算是积累了多年。她不能让自己缺氧，这是关系到她这几天行程的重要一环。她拉开了窗帘："昨日还是湖光山色，今天却是咫尺蓝天。"

艾可探身下望，对面应该就是八廊街了，一个弯角，两边是白石头的房子，人群有些密集，服装差异特别惹眼。藏人穿着短袖，披着厚袍子，腰上扎一根带子，旅行者大多是冲锋衣、登山鞋。小街两边有些藏人席地而坐在出售不知什么东西。这样的一个清晨，艾可带着一种无可言语的心情注视着与她生活万里之隔的城市中心，强烈的紫外线，油画似的远方的天空。心驰神往的地方啊，无数次的想象和憧憬，艾可怎么也想不到自己会在今天，这么平凡的一个清晨，伫立在这样一个窗口，仰望这样的天空。没有预兆，更重要的，是无人知晓。

她小心翼翼地走下楼，准备去八廓街拐角的理发店把头发编成小辫子，藏族女人那样的小辫子，这是她多年前就想好的。这件事对艾可来说无比重要，像一个仪式。好像她来西藏，就是为了像这个早晨，她从理发店出来，顶着一头细细的小辫子。

她回到"微风"，老板娘，网名"远远"，笑着看着她：

"咦！比我想象的要好看，有创意啊！"

艾可就着她客厅的小镜子再看了一下，虽然与想象中藏族女人相距甚远，毕竟她的细麻宝蓝衬衫还是有点民族味道，配上小细辫子倒有一种比较时尚的效果。再说，她的脸色还不错，额头光光的。艾可在镜子里看到被远远布置过的客厅，很有些女人的味道。墙上贴着些树皮，挂着一些牛骨和羊角，中间挂着一幅精致的"唐卡"。沙发上盖着条纹粗布，原木的茶几上放上一盆绿萝草。另一面，靠着远远的工作台，有一面墙都是些照片和孩子的涂鸦。艾可从许多照片里一眼认出远远一家的合影，并且她注意到这张照片的旁边挂着一只诺基亚手机，手机上面的墙上，用蜡笔画了弯弯的一道彩虹，彩虹很工整地用了七道颜色，粗粗的，鲜艳夺目。

"这条彩虹画得不错呢，像毕加索的画。"

"是女儿画的呢，她就喜欢在墙上涂。"远远一边忙活一边答应着。

有彩虹，天就晴了。艾可用深深的呼吸去体会小女孩心中的晴朗，她转身走近，彩虹好像微笑着看着她。

"你的女儿很像我小时候呢！"艾可说的时候摸着照片里小女孩的童花头。她想起自己十岁时的一张小照，眉眼分得开开的样子。

"呵，长大像你这么漂亮就好了。"

"肯定比我漂亮的，她的头发比我好呢。"艾可摸着自己的小细辫子，她原想象的辫子该比现在的要粗一些。

艾可转身的时候，就看见了老板娘远远的背影，苗条匀称，剪着今年时尚城市里流行的波波头。艾可不相信这个在拉萨生活了四年的人仍是这样带着江南的气息。她提着一个桶，艾可猜想那是一只做酥油的"董莫"。

布达拉官的门票据说非常紧张，艾可在网上已经和远远订下了今天的票，所以今天她是要随团旅行。这样很好，说实在的，在毫无准备的情况下临时决定一个人单飞西藏，艾可还是有一点点不踏实。

布达拉官像神话一样耸立在那里，衬着背后雄伟的雪山，犹如人间仙境。艾可怎么看都觉得有一层金色的祥云浮在建筑的上面。

"高原反应。"导游向她解释。

艾可没能进去，因为那些金色的光果然变成了高原反应，她满眼金光，手脚发软，伴着令她难堪的干呕。导游同情地将她安顿在宫门外，事实上，就是宫门外的地上。艾可就坐在那里，并不焦急地等待自己的身体复原。这些反应是预期的，所以她并不急躁。

艾可很高兴自己能坐在地上而没有觉得有什么不妥，因为在布达拉宫的门外，无数的朝圣者都匍匐在地上，他们手脚完全着地，虔诚地长拜不起。艾可觉得这样她好像与他们近了，他们在祈求什么呢？幸福吗？他们现在，此时，他们的身体正受着煎熬，那么他们的内心是幸福着的吗？艾可将身子靠在一边的白墙上，呆呆地看着那些平趴在那里的人，她也有种匍匐的渴望，似乎有太多的愿望需要祈求，艾可感到了一点点悲伤和冲动。

阳光很大，很闪眼，突然艾可觉得眼前一黑。

"高原反应。"她立马下了结论。

"嘿，好点了吗？"原来是个人站在跟前。戴了黑色的礼帽，头歪着，两手插着裤袋。

"嗯，好点，谢谢！"艾可认出是导游，他进去了又出来，是个有责任心的好导游。

"他们开始拍照了，他们就喜欢这个，我讲什么他们都无所谓，所以我就想起你。要来看一下你是否能进去了，我可以再为你介绍一下神奇而庄严的布达拉宫。"艾可记得导游叫格桑，他看上去非常年轻，脸上有高原红。

"我可不要拍照。"艾可斜着身子，去寻找被格桑挡住的一个认真朝拜的信徒。

"那你来干吗，每个来布达拉宫的人都喜欢拍照，因为这是个神奇的地方。我可知道得太清楚啦！"导游让了一下，预备让艾可继续去看。

"因为我听说这里会有让人窒息的感觉。再说，这里是我的梦想。"艾可说的时候，索性伸着头去看马路，格桑觉得她好像在等人。

"你喜欢窒息的感觉，这太奇怪了！没有人喜欢那样，那可不太好受。你有朋友一起来吗？"导游说话的时候皱着眉。现在，他也回头去找那条路了。

"没有，不过我都快要结婚了。"艾可觉得自己这样和陌生人说话一定是高原反应。

"那你肯定很爱他，现在想他了吧？我可知道得太清楚啦！人不舒服的时候会特别想他爱的人。"作为导游，格桑可没觉得有什么奇怪的，他碰上过有些人更莫明其妙的，这是因为这里是西藏，很多人，很多梦想，都会归集在这里。这是个很简单的道理。

"我没有想他，我在想我什么时候可以走路。"艾可一走神就看不到刚才那个朝圣者了，只有白云和蓝天还有耀眼的阳光。

"嘿，你坐一会儿就会好的，坐飞机过来的都会这样，我可知道得太清楚啦！"格桑认真地说。

果然艾可觉得好起来了，马路不再金光闪闪，她又看见一群人排成一排，向布达拉宫深深地匍匐，就在她的眼前，扬起细细的灰尘。她站起来跟着导游跨进了神秘的布达拉宫。

"布达拉宫的图片你们肯定无数次见过，但真的走近，你会感觉这是多么不同！"这是艾可听到的最后一句话，是格桑在讲，他肯定说过无数遍这样的话，所以非常流利。

"真的，太神奇了！"艾可附和着。接下来的事，艾可就什么也不知道了。

意识恢复的时候，艾可已经坐在微风客栈客厅的一张大椅子里了，她的身上盖着薄毯，她感觉身体格外轻盈，这是到拉萨后最好的感觉了。

"她吸了好多氧，医生说她身体虚弱，怕有并发症，还是要快回内地去。"艾可看到格桑导游在和远远说话，他好像很疲惫，帽子也没有了。

"谢谢你们！"艾可真是过意不去，她设想过无数来西藏的感受，就是没有想到她只能带着高原反应离开这里。

"唉，你是不一样的客人，我就算格外关照了。不过，我耽误了半天的时间，你可以请我喝咖啡来表示歉意。"

"可以，咖啡。"熟悉的香味好像来自那个熟悉的城市，海的味道，艾可突然心痛。为了掩饰一下对自己的失望和突如其来的伤心，艾可转身去接远远递过来的酥油茶，微微有点反胃，她还是接着了，书上说，酥油茶会缓解高原反应。

"啧啧，你手上的是卡地亚手链，你的包是探路者的，这些都是很贵的东西，要好几千呢，我太清楚啦！" 格桑本来要走了，可能觉得艾可挺可怜的，刚来就得回去，决定做一个优秀的导游，开解他的客户几句。

高原阳光从客厅对开的门外照进来，艾可的手臂白白的，与宝蓝衣服相衬的鲜红的一条卡地亚手链，艾可伸手去把玩了一下。

"我喜欢这些东西。"艾可从包里拿出防紫外光的墨镜戴上，其实屋里光线不强，艾可只是不想让这个可爱的导游看到她的眼睛。

"这个鞋子也是最好的登山鞋呢，墨镜是香奈儿的。"格桑决

2017年作者摄于布达拉宫广场

定先从艾可的装备说起，要她知道她拥有很多可以高兴的地方。

"你看上去这么年轻，可是那么富有了，我要带着多少客人去布达拉宫，才能买上这些东西啊！"格桑的声音逐步提高。

"可是你不开心。"说到这里，格桑语气严肃起来，他准备要认真谈一谈了。

"只是高原反应。"艾可急忙解释。

"不是，我可看出来啦，你在布达拉宫外面眼睛一直在找，你啊，说不定是和男朋友吵架了，才一个人溜来这里！"看到艾可有点不耐烦地拉了拉薄毯，格桑决定吐露一些关键词语："因为你刚才晕倒后是我送你去的医院，在路上，你哭得很伤心，而且，你一直喊一个人。"

他说完后，仔细盯着艾可镜片后的眼睛，他现在决定做这件有意义的事而不是去布达拉宫说一万遍让人感觉"非常不同"的话了。

"到了布达拉宫却晕倒了，什么也没看见，当然会哭得很伤心。"艾可想不出自己喊了谁，不过她不想表现得很想听的样子，免得格桑更不想去做生意了。

"你想想你会喊谁呢？你那时最想谁呢，这个时候肯定是喊最想念的人的，这个我太清楚啦！"小导游开始有点滑头了。

艾可开始认真考虑，是的，她和他快要结婚了，他是什么时候向她求婚的？是昨天，不对，应该是前天。她答应了吗？艾可的记忆好像屏蔽了一段，但有一点，她觉得和他在一起是一件幸福的事。幸福，可是每当想到幸福，艾可靠在椅子上，微微地闭上了眼睛。

在昨天，这一点她记忆里非常清晰，她在网上买了下午三点直飞拉萨的机票，匆匆回家带上点衣物便来到了这里。也许她正是为了躲避抉择的煎熬，或者是想让高原反应来代替她那种莫名的心绪，才来到这里。现在看来，高原反应不负她所望。

反应很强烈，就像她突然感觉到幸福一样，当然，也会像她突然感觉到不幸一样。

"你能确定我喊的人是我最想念的人吗？"艾可问他，感觉到远远也对这边的话题感兴趣，虽然她看上去在一边认真地准备做酥油茶。

"这个我太清楚啦！"格桑站起来，手抱在胸前，歪着头看她。

"可是你并不认识他……"艾可有点把握了，她摸着手上的手链，卡地亚手链，谁都知道这是个定情之物。

"但我知道他是谁！"格桑还是说漏了嘴，艾可喊一个名字，他并不会知道他是谁，除非，除非她喊的是一个称谓。

艾可换了个姿势，以便把自己更多地藏到阴影里去，她说：

"他很多年前死了，所以我非常想念他。"

"是这样……啊，对不起！"格桑有点慌乱。

"不会，我要谢谢你让我知道我非常想念他。"艾可将毯子紧紧地裹住自己。

"这么多年了，我都以为自己把他忘了……"

"爸爸，我喊的是爸爸。"

艾可向格桑微笑，表示她真的很高兴知道这一些，格桑松了一口气，想起老师说过，一个好的导游也应该是个心理医生。格桑似乎对艾可的心情有了十分的把握。他伸手摸了一下艾可的小辫子，就起身要去接下午的第二批客人再去那个上万遍的布达拉宫。他夸张地站起来，睁大眼睛，对着艾可做了个藏人特有的手势，大声地说："啊，神奇的布达拉宫，一旦你真的走进，你会感觉这是多么不同！"艾可，格桑，远远，三个人都真的笑了。

格桑还会对布达拉宫产生神奇的感觉吗？其实有时候你拥有了最精彩的东西，但因为拥有的太完美而让你忽视和忘记。艾可想，幸福可能也是这样。

"我想坐晚上的航班回去了。"艾可和老板娘远远讲。

"是的，医生说只能这样，你的反应太强烈，医生只好给你吸了很多氧气，这是大忌，这样一来你就不能适应这里的生活了。"在高原，如果你吸氧很多，那么你的氧气需要量会越来越大，所以，如果有一点不舒服的话，要尽量少吸氧，否则，后面的日子就更不能适应了。

"可是我不想回去。"她原本计划一个人去阿里，去纳木错，也许……去经过一下，只是经过拉昂错湖。艾可想亲眼看到那些创造无数个美丽神话的地方，关于爱情和传说中的蓝天白云。可现在，她连布达拉宫都没有看到，艾可多少有点失落。不过，在她的临时计划里，小客栈也是一个重要的行程，她既然哪里也去不成，那么她就好好待在这里，还有长长的一个下午。

"你都要结婚了，你的他会想你的。"说这些话的时候，远远一直在做酥油茶。现在她已经将浓茶煮好了，然后熟练地将煮好的茶叶浓汁倒入"董莫"里，然后她又站起来拿皮袋里的酥油和食盐一起加到桶里去，加完后，她就开始用力将"甲洛"上下来回抽。她有多大了？艾可去猜，如果推算起来，远远应该是四十出头了，可她看上去那么年轻，那么……近乎妖娆。岁月没有在她脸上留下一点点痕迹，而不幸给了她睿智的笑容。

"酥油茶做起来很累，你经常做吗？"艾可问。

"不，有朋友来的时候才做。"她的眼睛一直没有和艾可对视。只是来回抽动"甲洛"，艾可从声音里听到油和茶慢慢地密密交融，是一种黏稠柔和、厚的、二合为一的声音。

她觉得可以了，就将桶拎出到里间去加热了，剩下艾可一个人，她有朋友来吗？我怎么没看到？

酥油茶的香味是非常独特的，她现在已经捧着喷香可口的酥油茶出来了，艾可不知道是否要遵守藏人的礼节，好像是不能马上喝茶的。

"我们先聊一会儿吧？茶太香了……"

"嗯，好的，聊一会儿。"

"你有朋友来吗？什么时候？"艾可抬头问远远。

远远与艾可对视，眼神熠熠。突然，她们两个都懂了，没有必要再回避了。

"这个朋友就是你。你，就是我远方来的朋友。"

三

四年前，远远只身来到拉萨，靠着几个朋友的帮助，开了这样一家小客栈，用以维持生计。

在这以前，远远一直生活在南方的海滨城市。她和她的全家，丈夫、小女儿过着和所有幸福家庭一样的生活。

远远有个博客，名字叫"远方的天空"，她用很俏皮的文字，用来记载她的婚姻生活，所以吸引很多青春少年，那些对爱情有梦想的少年。艾可就是其中一个。

听风是远远给丈夫起的网名。因为听风老是要出差，远远就让他在远方听听风，风吹过来远方的气息，这样远远就相信听风在思念着她。她好像是生活在童话里的公主，纯净的文字好像一尘不染。

艾可记得有一个博客写远远和听风去旅行，是去成都。回来的机场，远远很饿，机场里的东西太贵了，听风包里还有一罐"八宝粥"，让给远远吃。远远那几天正来例假，不能吃冷的东西，听风先是去打热水来泡，后来竟用打火机来加热，远远提醒他机场里用火可能会引来麻烦，可听风越烧越来劲，结果八宝粥和听风都被带到机场警卫那里去了，远远又饿又怕，差点以为回不了家。远远的描写很风趣，艾可记得看的时候笑倒好几次。

又有一篇写到西藏的拉昂错湖。听风有段时间一直是援藏队成员。从那时起，远远的博客里常有西藏的叙述，而艾可也从此时起，成了一个西藏圣地的崇拜者。艾可开始搜集很多有关西藏的资料，而远远只是关心听风到过的地方而已。那次，她讲到拉昂错湖是这样的：

"平时沉静的拉昂错湖发出了簌簌的风声，既而呼呼萧萧，一时间乌云密布，但天际又突现深深的蓝色，夹有血色的红云翻滚，凄美又狰狞。"这是远远的文字，一向看惯了西藏美丽湖泊的图片，艾可被这样的描写震惊了。

后来远远在文章中解释说，这些描写都是她从听风的描述里提炼而写的感受，那是听风在路过拉昂错湖时偶遇的一次经历。而听风，这个平常木讷的男人，在那天以后，居然向远远说了很多很多情话，远远说他受了刺激，这个拉昂错湖吓着他了。

事实上，谁都知道拉昂错是个死神湖，平时沉静不惊，但一旦出现这样的景色，好像不祥的预感谁都会去感受到。

就在那以后的几个月，听风参加一次可可西里的野生动物保护活动，他们的团队突遇暴风雪，听风与队伍走散，当人们发现他的时候，他已经在他的车里永远地睡着了。

事情发生后，远远的博客就像戛然而止的休止符，一瞬间什么也没有了。她删除了所有的博客，只身赴藏，但又由于高原反应，每次都被人们送回家乡，她不懈地一次一次进藏，据说在三个月后，她终于在丈夫遇难的地点带回了一撮土壤。

"我……并不想打扰你，本来，我打算只是在你这里住上几天，可是，因为……"艾可发现自己的心情怎么也难以描述，对于远远的盛情，她感激又惭愧。

"在你来订房的时候，我注意到你的网名，当时我的博客里也有这样一个朋友。"远远说，"你不跟我砍价，也不问我客栈的环境、条件，好多朋友会这样做。"

"是吗？我并不清楚。"艾可确实在后来的几年，会在论坛上搜寻她的消息，好像远远带走了她青春幸福的记忆，她总是想找到她。后来知道她在拉萨开了客栈，她的一些近况。说真的，艾可并没有真的想见她的冲动，也不知道会有人和她一样来这里。

"他们有时什么也不说，只是会认真地看相片，会问起我们的女儿，真的。"远远看着艾可笑了，艾可却低下头喝酥油茶。

"如果他们不提起，我也只是当作不知道，只是，每当我觉得有朋友来了，我就去煮酥油茶，我请他们喝一杯。只有这样，我才对得起我们的朋友。"她强调我们，应该是包括听风。

艾可去转酥油茶盏，这个神圣的藏礼！似有千言万语，却找不出合适的词表达。

"你的女儿真的和我小时候很像，我爸爸在我十岁的时候意外遇难。那几年，妈妈总在夜里抱着我说我们以后永远永远没有幸福，没有快乐，也没有笑容。"

"我也说过这样的话，是这样想过。"

"是你的博客给了我快乐，不，是一种久违的幸福。"艾可似乎明白了一点自己："一种憧憬，在不幸下的一种挣扎，不，是挣脱。"艾可用吞咽来阻止悲伤爬上她的候咙。

"可是，你的不幸发生了，于我，是一种希望的破灭，没有来，就走了。"艾可的手微微颤动，她放下了茶盏，"好像不幸比较适合我，而幸福看似美丽，但随时会伴随着巨大、无法摆脱的痛苦来袭击我，我非常害怕。"

"我猜，你是在逃婚。" 远远还是那么平静。

"是的，事情就是这样的。"

四

太阳落下去，格桑回来了，再过一会儿，他还是要带几个散客去布达拉宫看夜景。他实在有点忙，但他一直挂念着这个怪怪的艾可。就是昨天，远远姐告诉他，她又有朋友来，格桑知道远远姐所说的那些朋友，不过艾可有些不一样，她要结婚了却一个人旅行，她还说她要找一种窒息的感觉，而且，特别是，她的高原反应出奇地强烈。

格桑也有了一盏酥油茶，他现在即将讲述一个他下午的时候在布达拉宫前的广场上看到的一件事。

"是这样。你知道，我错过了第一批客人，所以我急急地要带着下午的第二批客人进布达拉宫。可就在此时，一个女人出现在广场上，那个女人对着布达拉宫就下跪磕头，她的额头上都磕出血来了啊！"格桑开始两手蒙在脸上，然后夸张地站起来比画，"可是她还不停地在磕头！"

"怎么啦？不是朝拜的人吗？"艾可想起上午见过一个朝拜的人，额头上是鼓出一个大包，流血是没有的。

"不是，她只是来请求原谅！而她的丈夫在布达拉宫的里面。她说她是来求他原谅的。"

"她的丈夫在布达拉宫里面吗？也是来旅行吗？"艾可有点疑惑，而远远，已经在偷笑了。

"你可以听下去，听下去你就知道了！"格桑安抚着艾可的情绪。

"原来，那个女人在家里的时候对丈夫非常不好，丈夫用尽方法想让她生活得幸福，可她依然不开心，而且不关心丈夫！"格桑用一个专业导游的姿势和语气接下去说，"那她丈夫当然觉得心灰意冷啦，所以就出家住在布达拉宫里面。不肯回家！"

"当了和尚了？她的丈夫？"艾可问完后才突然觉得后悔。

"唉，是的，所以啊，她的心碎了！她额头上的血，就像那山上盛开的梅朵一样鲜红！"

艾可发现自己已经可以完结这个故事了，再一看远远已经用手捂住了嘴。

"嗯，然后丈夫就跟她回去了，丈夫修成了情道嘛。我知道得太清楚啦！"艾可学格桑的口气。

"好吧，那你可以去思考一下这个故事的寓意。"格桑有点气馁地发现艾可已猜到这不是一个真实的故事，肯定是远远姐作笑的样子让她怀疑故事的真实性。要知道，作为导游，将一个神话传说发生的时间转换到今天下午，是件稀松平常的事啊！也怪艾可这个女孩子古怪精灵。他垂下了演讲的手臂，坐下来喝茶了。

"这是个宿命的故事，一切都是由佛旨来安排。当年她的丈夫在路上遇见一位老人，就说他情道未修，落不了俗，他的根必入布达拉宫，修行后即能获得真爱，这个故事网络上流传已久。"远远说。

"我在想他的妻子，也必是未修成正果，才落此一劫，不过也总算是功到自然成，他们将来的生活，我想是幸福的。"艾可知道远远在博客上提起过这个故事。

"这个故事说明了，"远远开始总结，她的眼睛在黄昏的客厅里水晶般闪亮，"历经磨难而得的幸福才会永久。"

三个人因为远远姐这样深刻的总结而各自沉默了。

格桑，在藏语里是幸福的意思。现在格桑走了，他要去讲述布达拉宫的夜景，那么，布达拉宫在夜晚将是怎样神秘辉煌？

"我想布达拉宫的夜景肯定会很美，我很向往。"艾可不能再出去了，晚上的机票已经订好。

"是啊，神圣的布达拉宫会在不同的时间呈现出不同的美，你以后会看到的，他会一直在那里。"远远安慰她。

"远远姐，你过得好吗？"

"我给你看一样东西。"远远站起来，向照片墙走过去。

就在这时，艾可的心里突然有一束光照进来，她感觉到那光来自墙上那道彩虹，七色彩虹。那个在彩虹下的手机，好像已经预备为她解开关于幸福的秘密。那个玄机，便可让艾可就此了却情道。

"这是他的吧！"艾可摸着远远递过来的手机，一只诺基亚老款的翻盖手机。

"嗯，在他生命的最后时刻，他用这只手机发了短信给我，由于没有信号，这个短信保留在未发信息里。"远远想起在听风遇难的三个月后，她终于踏上这片土地而且稳稳地站立的时候，她拿到了作为遗物的听风的手机。她为听风的手机更换了电池，就在此时，远远的手机唱起了萨克斯风"回家"，这是三个月来第一次听到这样的手机铃声，是专为听风的来电而设的。

每次被抬上飞机，送离西藏，每次深夜的折磨，远远曾无数次设想听风的归来，她期待这一切是个梦，只是一个噩梦而已，醒来的时候，她会听到这样的铃声。

远远一刹那扔下听风的手机，近乎疯狂地打开了自己的手机，赫然，手机上显示着听风的名字，只是，不是语音电话，那是一条短信。

"你 一 定 要 幸 福 啊！"

艾可慢慢地念出来，因为艾可已经在"已发送短信"里找到了它。这款手机在开机的时候，可以将未发送成功的短信自动发出去。

飞机在三天后的凌晨，稳稳地滑向海滨城市的跑道，蔚蓝色的大海一掠而过。艾可的呼吸前所未有地通畅，她开始一点一点解自己的小辫子。在下舷梯的一刹那，解散的头发暴发了意想不到的张力，奋力迎风飞舞，似乎充满了勇气。

梧桐

机场·梧桐

"近来好吗？"

"好的……还好，不是很好。"梧桐无奈地一句一句补充。

"也许，都怪我，我没办法回来。"

"不是，你并不一定要回来………"梧桐说。

"你那边工作也不错，你也不能过来。"那边又开始伤感。

"不是，我也并不一定要过来……"梧桐还是这样说，她一直是这样说。

"……"

"我的航班要登机了。"

"好吧，出差在外多注意身体。"

"你也保重。"梧桐挂了电话，他们之间已经习惯不说再见，自从他们最后一次说了再见以后。

此时，梧桐身后的大玻璃窗外，正有一架飞机急速地冲向天空。

梧桐转身傻傻地看着那架飞机，想象飞机是飞去那个地方，地球的另一端。一个陌生的遥远的国家。似乎她现在正和飞机一起用力地抵抗着地球的引力，急速地向上，终于冲上云霄。过十三个小时，他们就可以在一起。可就是这短短的十三个小时，成为他们之间再也无法逾越的鸿沟。

"放开拥抱，做个伴也好……"梧桐一直喜欢这首歌，寂寞的时候，她真的这样想过。

机场广播连续不断地响起，都是航班延误的消息，梧桐去香港的航班也延误了。

"如果机场只报准点的航班，那么整个机场就会安静得多。"梧桐狠狠地在心里想。她在凳子上换了个姿势，窗外的天气似乎更阴暗，好像要下大雨。

记得那是在大二那年，大她一届的他在大考的前夕紧张复习的当口，突然地追求她。那时，他们总等不到晚自习结束，两人便一

梧桐　摄影／茅益民

起去校园里散步，一听到下课的铃声便冲出校门去门口那个嘈杂无比的大排档吃夜宵。

那时，他们都很不稳定，却都没有耐心等待，可现在，稳定和耐心对于他们那么重要甚至超过了在一起的含义。

梧桐想到这里，再看那机场灰色的天空，正作势要变成一张巨大灰色的网，来包裹住她。发现今天那张灰色的网分外阴沉，好像要滴出冰冷的水来。她对自己说，这很可能因为又一个人出差，工作环境并不熟悉，或者航班又误点，总之是这些原因加进去了才会这样。心理学上将这类现象称为轻度抑郁，通常的办法是用自己的想象力，慢慢去掀掉这张网，一点点去拔掉去挣脱。通过这样操作，一般总是能够让自己解困。梧桐到那时，就什么也不想了。

飞机还是无法起飞。

窗外下雨了，狂风大作，停机坪上再也没有飞机起飞，她可能会在机场待上好几小时。旅客里有一群要回港的中学生，好几对像模像样地做起小情侣依偎在一起，渐渐停止了嬉闹。

"街头那一对，和我们好像……"张靓颖的歌声像在耳边低语，梧桐下意识地去捂耳朵。

大院·他

我看见了树下的你，抬着头，张着嘴，手上捧着一个搪瓷盘子，里面有几颗梧桐籽，很信任很期待地看着我。从树上看下来，你这个小不点人很不成比例，头很大，腿很小，那天你穿着红黑格子背带裙，白色袜子和一双黑色方口丁字皮鞋，我看到你黄黄的轻得没有风也在飘动的头发，一双大大黑亮的眼睛，里面清澈透亮，有满满的梧桐叶子和我。

就在那时，一直到现在我也这么认为，我一下子就进入了我的青春期。那时，我的心里突然升出一种说不清的滋味，好像是你的裙子被风吹了一下，又好像是在西湖里划船，突然晃了一下，反正那时起，你就不是我一起疯玩的玩伴了，我看你不一样了，我觉得你真是我们院子里最骄傲的小公主。

每年的那一季，摘梧桐籽是我们的节日，为了显示我的勇敢和健壮，我总是爬那棵最高最大的树，像你这样的一群女孩子，就只能站在树下比谁捡得多。你总是最少的一个，因为你总是看那棵树，一直看到傻。

"地下，地下。"我用手做喇叭，大声向你喊。

我明明打下一大串梧桐籽掉在你的盘子里又跳了出去，可是你居然不去地上捡。

看我向你喊，你突然笑了："你再打呀！"

那天从树上下来后，我为你捡了满满一盘的梧桐籽，我让你回家让你妈妈炒给你吃。

"明天还来打吗？"你问。

"是这样，这个皮的颜色要更深一些才会更好吃，才会香，"我内行地拿出你盘里一颗青一点的梧桐籽扔掉，"现在还不是很熟。"

我闻到邻居家传出来梧桐籽被翻炒后发出的诱人的香味。

"那你明天还来吗？"你问。

"来的。"那时我觉得你真是一个和别人不同的小女孩。

那天我突然发生了一个奇怪的想法，我希望秋天再长一点，梧桐再多结点籽，那我就可以天天都来，我想自己能快点长大，长成一个好好的大大的男人，然后在你也长大的时候，我就来娶你。

我被自己的想法吓了一大跳，你一定不记得那天我们还没谈完话，我就好像做了什么不好的事情，有点心虚又心情灰灰地溜走了。

回家后我一直闷闷的，我又一次回忆起那个梧桐籽落向你盘子的瞬间，这时的记忆，好像突然变成了慢镜头，那串梧桐籽直直地掉下去，一直掠过你的头发和睫毛，我明明看见了你头发和睫毛被那种速度带起而颤动不已，甚至夸张地翻动起来。梧桐籽还在往下掉，它在你的盘子里开始了回弹，终于再不能回到盘子，它往你的裙子边掉去，裙子也被它划到了，然后也开始飘动起来，直至你这个轻轻的小人，慢慢地全部都在风中，一点点地飞旋起来。

很多年后，我会在某种时刻回忆起那个慢镜头，以至我发现了很大的秘密，在这个慢镜头里，自始至终，你的头一直仰着，我也一直能看到你的眼睛，你根本没有看过落到盘里又掉到地上的梧桐籽，你其实根本不在乎那些个梧桐籽，你只是为了看那棵树，或许，你也喜欢看我在打梧桐籽时的动作。

那是个秋天，梧桐叶都红了，你向上看，不知道是一个怎样的场景。不管怎么样，我终于想明白了，其实你并不需要梧桐籽。

香港·她

我没有想到这次公差会遇见他。

他代表公司来港参加服装展，我的广告公司也在大厅里有个摊位，就这样在大厅里遇见了。

我遇见他的时候，确切地说，是我被他发现的时候，我有几秒钟的记忆空白。那是一种"近距离的遥远感"，这真的是我当时心情的写照，不过后来一直被他揶揄是为了掩盖当时短暂的尴尬情绪而发明的近乎要赖的新名词。

当然我不想说的是，你没有小时候那么帅了。

认出你后，我彻底放松了。我一直怀念着墙门内亲如一家的生活，这一点也许和你不同，我比你们都离开得早。

你说去街角的茶餐厅喝咖啡，我说："请我喝冰咖啡。"

"你还是像小时候。"其实小时候没有人知道什么叫冰咖啡，你一定联想到了什么，我看到你不自在了，这些后来你当然不肯承认。

"小时候我好像不食人间烟火，现在可不是了。"我认真地告诉你。真的，现在，我什么好吃好玩好看都有欲望。

"呵呵，我只记得你小时候拿巧克力去换牛皮筋，梧桐籽掉地下了不肯捡，非得要我再打，可你又接不住。"你笑起来倒是和以前一模一样。

你一直在小心地打量我，我有着敏锐的洞察力。我还是像小时候那样翘翘地仰头看你，向你微笑。只是我不能掩盖我的眼睛，心理学上说过眼睛，那是人类最无法掩饰内心的窗口。我的眼睛，尽管因为涂了眼影画了精致的眼线，会显得更大更亮，我清楚它无论怎样也不能再现当年清澈无底的那副瞳孔，岁月会赋予它更多的内容，但如果你够细心并懂得一些心理学技巧，我再大的功力，也没法掩饰从那里坦露出来的深深的、久久未愈的伤痕。

铜锣湾向着时代广场的转角有个排档摊，每天都热气腾腾的，每次走过总有想吃的欲望。

你停下来说："想吃的话就跟我说。"

"嗯，好啊！"我窃喜你非常懂得我的心思。好几天路过这里心里痒痒的，一个人在大街上吃很不淑女的。

"麻烦你往这边站站，挡着点。"幸好你这些年还长得比较高大。我觉得有你挡着再吃这串巨大的美味无比的龙虾串，非常美妙并极具幸福感。

我正心满意足地吃了一整串烧烤，准备重新整妆成淑女的时候，一抬头发现你居然一直注视着我，奇怪的是我做不出任何淑女都会做出的反应，我没有一点的不好意思，或者起码脸红一下。只是，近距离的遥远感又出现了，我突然有点记起小时候仰头看树的场景，一点点风吹过来，明明是在这个繁华城市的街角，我却好像听见有树叶的沙沙声，有点点温温软软的东西一瞬间掠过。

"院子里的梧桐树都没了吧，好大的四棵啊！"我莫明其妙地拿着没了龙虾的竹签子感叹。一边准备找下包里有没有餐巾纸。

"我有。"你递上一包整洁的纸巾，"是啊，在那个地方又造了房子，我现在就住在那里。"

"哦……"我觉得自己很想念那个地方。

餐厅出来的时候，天色已经暗了，我说我要打的回中环，你说可以试试坐天星小轮回去，你也一直想试试，今天趁送我回去的机会试一下。

就在那时，我习惯性地摸口袋，后来你就知道我的这个习惯了。然后我就夸张地叫起来，我把手机留在那个茶餐厅了。因为这种事情经常发生所以我的反应极快，我一时间顾不上你发呆地立在街头，就飞奔而去了。铜锣湾太拥挤，拐角很多，我左跳右钻的，我对找回手机充满了没有理由的信心。

我飞跑了两个街口，突然记不起茶餐厅是第几个街口转角，情急之下这才想起你比较会知道餐厅的位置。猛地一回头找，居然看见你已经跟上来了，我茫然的样子一定很傻，你立刻用手指明了餐厅的方向，我转身再跑，果然就看到了。我们几乎同时进了餐厅，也同时看见了早被服务员收好的手机。

在我们并肩往回走的时候，我一直处在奔跑后的兴奋状态，开始炫耀地告诉你我如何在多种场合多种情形之下一次一次找回自己的手机，全然忘了刚才的一番紧张辛苦。

"你在想什么？"你听得有点分神，我有点担心你笑话我。

"我发现你很能跑。"你停下来。

"你也发现我很能吃。"我凑近你是不想让你把这句话说出来。

后来你说当时很想一下子抱住我。从心理学的角度分析，通过这样一个突发事件，你发现那个你心中的小女孩长大了，而且是独立的，不在你的视线范围内，你由此产生了沧海桑田或对成长过程的一种遗憾与欣慰交织的情感。"遗憾与欣慰交织的情感"，这是我发明的第二个名词。

那个晚上，你送我回到了中环的酒店就离开了。

我一直没有告诉你，就在那天晚上，我做了一个彩色的梦，梦里满画面都是树叶，阳光从叶子的缝隙里透出来，叶子红得像要燃烧一样，闪闪发光，一眨一眨的，晃得我睁不开眼。树干上有一个黑色夸张的身影，嵌在树里面，那个身影会动，一动，突然树上就掉下像雨点一样的翠绿色的梧桐籽来，树不断地在摇晃。当梧桐籽变成一个奇怪的大椰球扑地掉进我的头发里的时候，我醒了。

好深的夜，我睡不着。

起身看着窗外，维多利亚港湾星星点点，而我，梦见了那棵树。

杭州·她和他

"我给你做个测试，心理学方面的。"她坐在北山路的咖啡厅里，看起来已经等了一会儿了。

"现学现卖啊！"他并不在乎她为了这么一个小问题而让他赶过来。

"喂，认真点，快点。"

他非常认真地整了整衣服，准备开始。

"你先平静一下，放松自己，然后跟着我说的去做。"她一本正经的。

自从那次遇见后，他们会隔一段时间一起聊天喝咖啡。她一直在上一期 MBA 的心理学课程，经常会拿他来操练操练。

"你想象自己看到一座房子，这是怎么样的房子？里面有什么？你喜欢吗？你走到房子的地下室，你又看见了什么？"她尽量地学着老师温柔的语气。其实那天上课的时候，她真的被老师这样的声音催眠了，走进了一个不为人知的空间。

他依她所言，仔细地讲了每个提示下他的感受。

"你很正常，"她说，"你看见的景色，你的感受都是正常的，你的内心很充实，你有幸福感。"

"你的测试结果怎么样，说给我听听？"他说。

"我吗？有点糟糕。"她说，转头去看窗外，他明白这才是今天急急约他出来的真正原因。

"我走进房子的地下室，"她这样说着，"看见了很多的灰尘，被阳光照着，斜斜的那种。"

"这就是人的潜意识吧。"他接口道。

"对，你知道这个在心理学上的含义吗？这是抑郁。"

"是为了那个在国外的男同学？"

"也许，事情过去几年了，我还是没有好起来。"

"别想那么多，你看外面的梧桐叶都红了，我们出去看吧。"他说。

杭州的秋天，北山路的梧桐树在夕阳下红成一片。

他和她这样走着，北山路的梧桐树似乎一直延伸了下去。看到那些红叶一直蜿蜒到断桥的那一头。她感到从未有过的轻松和新鲜。

她仰头寻找。

"你找到梧桐籽了吗？"她问他。

"这是法国梧桐，它结的籽非常小，不能吃。"

这时，正好有几粒小小的梧桐籽落在脚边，他捡起来。

他右手把梧桐籽高高举起来，轻轻地放开手，梧桐籽掉到左手上，他左手一斜，那串果实落在了地上。

"在干吗？"她停下来。

"我常想起这个场景，你不好好接梧桐籽，总是不在意。"

"这又怎么？"她又问。

"小时候大家都是为了梧桐籽来，那么香又好吃，这才是实在的东西，可你不要。"

她蹲下来，看那地上的梧桐籽。

"这是不是就是传说中的幸福，我把它给扔了？"她若有所思。

"那场初恋让我觉得我是学校最幸运的女生。"

"我还想念罗马，想念那个许愿池，毕业那一年，我们曾在那里许过愿，为的是再一次来这里就永远不分开。"

她说这些的时候，好像幸福就像那个梧桐籽，在她盘里一跳，就落到地下了。

她说她能记起毕业那年初恋男友要离开时的不舍和迷茫，也许，只要她想要，她便可以留下她的爱情和幸福。

可是她说："你如果不去国外读书，我会永远看不起你。"

"我会在这里找到我自己的事业，那时我们才能在一起。"这些话，穿越了时空，至今依然清晰可辨。她甚至能够看见那年对方眼神中的失落和伤感。

回忆结束的时候，她和他都默然。

"那像我这样的女孩，是不是不该有爱？"她迷惑了。

他也被感染到，他想起了那个秘密，他对自己说过："不管怎样，我终于明白了，她并不需要那梧桐籽。"

可是，当朋友们各自在家中炒出好香的美味的时候，她也会去注意她的盘子。她也会失望和落寞。

他想再一次俯身为她捡起散落的梧桐籽，但她，是否还是在关心明天他还来不来。

转角　摄影/茅益民

心理学上把这些问题称为潜意识。潜意识是个巨大的不为人知的领域，也许，人类能够了解自身的一部分只不过是冰山一角。她和他，似乎都探索着这冰山的更下一层，他们好像感悟了，又好像更迷惑了。

"我没有接到幸福，却把爱挂在了树上。"这是他们遇见后她发明的第三句新名词，虽然非常无厘头，但也许只有他们会懂。

有时，仰望幸福比幸福本身更幸福。其实只要有爱，还是会生出幸福来，梧桐树不是这样吗？爱果实的孩子们拿到了幸福，回家好好品尝。那爱树的孩子，她还有明年，还有后年，树还是为她结下果实，在她想要的时候给她。

她也捡起一串梧桐籽，交给他，然后拉高他的手，放开。她却伸出另一只手接着，让梧桐籽掉在了她的手上。

他有点慌乱，微微地不知所措。他觉得好像会发生什么。

可猛地，她把手一斜，梧桐籽掉了。

他有点吃惊。

"这样，你怕不怕？" 她这样任性又魅惑！他看见黄昏的阳光这样斑驳地印在她的脸上，那是被树叶分割后的阳光。

她这样问，他只想说，这是个秘密，可我早就知道了，原来那个女孩只要看那树。

"你呀，其实根本没有抑郁，你看到的灰尘，在我看来，明明是我们小时候家里经常看到的情景，我想你是怀旧了。"

"也许真是这样。"他看见她的眼睛里有东西一亮。

2010 年 12 月作者摄于初雪的北山路

她久久地仰视，他却默默地看她。

黄昏的梧桐，正经历它一年中最丰硕的一刻。

"你说，人会做彩色的梦吗？"她知道他在看她，她依旧敏感。

"心理学研究过，很少，但会。"

"那什么时候会做彩色的梦？"

他捕捉住她的眼神，说："有爱的时候。"

香港机场 梧桐和他

今天，一切似乎都过去了，梧桐又坐在那年同一个航班上。还是和一年前一样，去香港参展。飞机还是坚守着晚点的习惯，午后三点的飞机，五点还没有被推入跑道。机上抱怨四起。不过梧桐没有办法向那个温和的机长发怒。

只是今天，不是，从昨天起，梧桐一直被手机上的短信弄得心神不宁。

电话已经关机，梧桐突然又很想再翻看一下短信，于是又开机。

"我明天去香港，如果你到了，和我联系。"这是他发的。

梧桐记得自己回了，问他怎么这么巧，是办什么事。

"没什么事，只是上次听你说起要去，我正好签证没用完，再去一次。"这是第二条短信。梧桐还是觉得没弄清楚，可能是发了个"？"或者什么的。

"这次如果手机忘在餐厅，记得一定不能先跑，我会为你拿着的。"第三条短信。

　梧桐又看一遍，觉得还是不能确定什么，她把手机关了。

机长再一次出来解释飞机不能起飞的原因，梧桐觉得自己突然发了急，她猛地站起来，大声喊："我有急事，请你快点和机场联系！！"

她不清楚自己有什么急事，更不知道自己为什么会没了耐心。

飞机终于起飞了，天色已暗，杭城瞬时消失在云雾之中。梧桐只记得自己在不停地看表。当被夜幕染成深黛色大海出现的时候，飞机下方的星星点点瞬间变成高耸的巨楼，香港的气息迎面扑来，梧桐莫名地心跳。

飞机降落手机开机，果然看见了一条短信："我在机场快线出口等你。"

到这里，故事已经没有了悬念。

他出现了，拿着电话，正在认真地说明他的方位。一转头看到了梧桐，便大踏步地走过来。地铁站的灯光很亮，他的身影正好衬着灯火阑珊，兼有闪着玻璃反光和各种亮晶晶首饰的珠宝店的流彩。行色匆匆、打扮精致的人流穿梭在他的前后，他朴实又微微含笑，好似铅华洗净又恍若仍在原来那个小城，他和她相遇在一个安静的黄昏。

他停在穿着短袖，围着长巾的梧桐面前，陌生的城市闪着特别的激情，异乡的灯光照进他的眼睛，隐约看见那里有欢喜和新的不同，梧桐发现自己很喜欢这样的相逢；飞机的起落这样制造了宁静与繁华，她也很喜欢这样的旅行。那天晚上，梧桐在日记上写道："我飞越了千山万水，原来只是想可以在地铁的出口和他拥抱。"

城市的建筑如潮水般向后退去，刹那间宽阔无边，他温暖又微微潮湿的身体拥抱着她，仿佛是那棵长在当年院子里的大树，安静平和不张扬，在那个秋天用尽了所有的力气，结出无数小小的果实。生命因那些果实而静静地生出无数的欢喜来，那小小的一个一个密密的欢喜徘徊在他和她的左右，来来回回如浪潮般缠绵，亦似海风咸咸迷恋蛊惑，只是无关这两个可爱的城市，只有关于那棵树。

Chapter　05　｜　杂谈

鹩哥的梦

鹩哥刚买回家的时候，才三个月大。浑身黑黑的毛，长短不齐，长长的嘴橘红色，脸上有一抹金黄。胆子很小，整天缩在鸟笼的一角，见有人走近就有些发抖。儿子想让它早日变成一只有文化的鸟儿，每天对着它说"你好"，老公也是心急的，恨不得小鸟立马开口，于是家里一时间"你好"声此起彼伏。只有小鸟是沉默的。

小鸟很争气，没多久，它就非常有文化地开口说"你好"了，且用杭州话和普通话两种语调。那时候，它的尾巴毛还没长齐呢！不停地蹦蹦跳跳，不停地说"你好"，全家人都喜欢上了它。想想它在笼里闷得慌，有时喂食时就让它出来散步，小鸟却不太喜欢，一出来便躲到沙发下面，一赶它，便哗啦哗啦地扑几下翅膀，又钻到茶几下面。唉，你是小鸟啊！怎么会不想飞呢！

过了半年，小鸟长大了，毛黑亮亮的，那期间，它又学会了几句话，门铃响时，叫"吉吉哥哥"，电话铃响时，喊"外婆电话"，特别是那句传统的"你好"，更是说得流利和婉转。它每日昂首挺胸站在笼内，若有所思地抬着头，安静地与我对视，对我说"你好"，我总会回它一句："你也好呀！"我们开始把鸟笼子拎到阳台上，小鸟见到了天空。它变得躁动起来，经常跳抓在笼子的侧面，从不同的角度去看天空。没多久有外面的鸟与它共鸣，它是聪慧的，学

翅膀　摄影／茅益民

那不知名的鸟叫，惟妙惟肖。夜里怕外面有野猫，外婆总是让它回屋里睡。有几次夜里起来，听见客厅有声响，出去看时，却是小鸟在那里用头拼命撞着笼子。它一定是做梦了，我将鸟笼打开，轻轻抚它的小脑袋，不一会儿它便安静了，又睡去了。我想，它一定在做梦，梦里它飞出了这个鸟笼，在天空中滑翔，它天生是只鸟啊！

朋友说鹩哥会自己开笼子门逃跑，外婆不信。有一次小鸟跳出了阳台，飞落在下面的花坛里，当外婆与小鸟在花坛相见时，两个都快要哭了，小鸟当然是回了家。由此外婆断定这次事件的性质是个小意外，与主观逃跑没有任何关系，小鸟从没想过要逃跑。

夏天很快过去了，我们的小鸟变成了大鸟，笼子好像变小了。它小心地不轻易在人前展开翅膀，不经意间看见它的一振翅，竟是那样又长又大，呼呼生风。它的胃口也特好，每天要吃一个苹果、一大块肉，有时还有小虾什么的。饿了它就会叫："外婆！外婆！"经历了一个夏天，现在它说得最多的是外面的鸟叫声，似乎得了某种启示，它习惯歪着头俯视我们，现在它说："你好呀！"这使我想起它的梦，它一定做了更多的梦，梦里它应该是张大了翅膀，任意翱翔的……

一天上班的时候，接到外婆的电话："我们的小鸟飞走了，这次是真的走了！""真的吗？"我只能安慰外婆，"只是一只小鸟，走就走了！""可是，可是，它还小啊，会不会找不到吃的？晚上睡在哪里呢？会不会有野猫？"

"不会，不会，会有鸟教它如何觅食，它会停在高高的树上，那里它会安全……"

"它真的走了，这次是真的，很奇怪的。"话筒里外婆的语调有点迷惑，"它连头都没有回啊！变得很大很大，呼一下就飞走了……"

这才是对的，它已经长大，只是我们一直不知道。吃饱了，羽翼丰满了，它就要去做一只真正的鸟了，它是不应该回头的，那样它会飞不高、飞不远的。于是，我拿着话筒，用自己也听不清的语调说：

"它其实每晚都要做梦的，它是有梦的，它是自由的……"

云卷云舒在楼间

1987 年我到公司报到，地址就在杭州梅花碑的一个大院里。

这是一幢凹形二层木结构小楼，白墙黑瓦，原木回廊，红漆地板。据记载，梅花碑是民国时期杭城最热闹的地方之一，这幢小楼是当时省政府机关所在地。南宋时期，这里曾是德寿宫后花园，后来是宗阳宫北半部。明永乐，这里设市舶司；明万历，这里有工部分司。1937 年，日本占领杭州，这里成为汪伪省政府所在地。1945 年，民国省府回到梅花碑原址。1949 年杭州解放，这里被省人民政府接收。1957 年，省轻工业厅成立，并将旁边 106 号划为其机关宿舍。1967 年，我就出生在那里。

无巧不成书，这个小时候抓蛐蛐儿的地方，成为我工作的第一站。

刚上班的工作是做内部核算。师父给我一本账本，一把大算盘，就开始记账了。中午休息时，会被同事叫去在青石板地上打羽毛球，有几次上班点到了，最后几个球还没打完，部门领导就叉手在回廊上一站，我一抬头，立马扔下拍子，一溜小跑上楼坐在办公桌前，啪啪打起大算盘。那年头算盘也有考级，作为学校四级选手，我的算盘打起来声音洪亮节奏分明，领导听着听着就消气了。

那时一个部门就一个大房间。因为没有热水，每天一早，我戴上袖套，提个煤饼炉生火，再用大茶壶烧水。冬天炉子放办公室里可以取暖，夏天就有点难熬，虽说一个办公室分到两个电风扇，可我的桌子上经常堆满凭证，电风扇一用纸片乱飞，只好不用，汗出得多了，就在肘下垫块毛巾记账，就怕账本湿了。

1989 年，公司合并，成为股份有限公司，我们搬到了雄镇楼的一幢宾馆里过渡办公。

雄镇楼在杭州南边，前面就是中河。这个地方也挺有来历，据说古代称之为"古候潮门"，是杭州十大古城门之一。位于雄镇楼的那幢宾馆在当时是非常现代派的。有热水，有空调，并入股份公司后我被安排做了出纳，出纳组两人一个间，宽敞明亮，办公条件大大改善。那时已经有了计算器，不过我还是习惯算盘。做出纳一项重要工作是发工资，每个月 8 号，我们先用个大麻袋去银行提现，回来后桌上放好一个一个写着名字、工资金额的牛皮纸小袋子，把钱数好放进去。常常小袋子装完了，钱多出来，或者钱装完了，小袋子还有几个，于是一个一个拆开，重新数一遍。后来很多年，我常常自吹我的数钱本事，可惜到了网络时代一手绝活儿无从施展。

1993 年，公司在解放路上的大楼终于建好了。解放路，那是纪念杭州解放而起的地名，也是杭州的主干道，向西约 1 公里，便直达西湖。当年，公司这幢让我们为之自豪的大楼也是解放路上为数不多的高楼之一。

财务部安排在 12 楼，崭新的办公桌，还有一台台的电脑。我调入核算组，虽然我们还是用的 DOS 系统，但终于可以不用手工计算成千上万个往来客户明细，不用为了报表不平在加班的时候心烦气

城市　摄影/茅益民

躁了。我将算盘锁进了抽屉，从此不用钢笔记账、红线画小计，尺子做表格。1993 年也是公司上市的第一年，我们的工作环境和工作方式都在发生着翻天覆地的变化。

十几年前，我从财务部门到了审计部门。公司从一个杭州的本土企业变成一个从东北到海南都有业务的集团公司，我也开始奔波于全国各地的公司间，从沈阳的老式大厂房楼到上海的黄金地段商务楼，从成都漂亮的龙潭新厂区到深圳福田区小小的商务办公间，公司的分子公司在各地建着厂房，建着高楼，不断地扩展着。

26 年过去了。解放路的大楼仍旧是红白相间的砖面，只是上面的标志记载了这里的历史变迁和发展壮大。如今，窗前俯视，仍是熟悉的道路，成排的梧桐，穿梭的车流，似乎什么都没有改变却又沧海桑田。不禁让我想起当年那块属于我的绿色的玻璃台板，下面抄着小窗幽记："宠辱不惊，闲看庭前花开花落。去留无意，漫随天外云卷云舒。"用这样的小诗来掩饰那个青涩又不成熟的自己，隐藏内心深处的那份倔强和好胜，当年的我又经历了些什么呢？不过，我相信，只有与公司共同经历了三十年的时间的那个我，才能真正在这个大楼的八层南窗，看见云卷云舒，花开花落。

注：此文为参加单位内部征文所作

发现洞桥

　　我坐在车里等我的朋友，我们马上要准备出发去下一个目的地，一个叫香莲湖的农庄。

　　初春正午的阳光正好照在车的前窗，闷热的空气里，我将那块墨绿色的"发现洞桥"的牌子架起在右前窗的一角，以便一路上与我交会的车辆，或者路边的旅行者，也或者是田里劳作的农民，他们在一抬头间，便能看见我的车上的牌子，知道我正在做一件叫作"发现洞桥"的事情。

　　此刻，我看见我的朋友正在爬上一个简易的大约十米高的铁制架子，俯瞰着下面的约有十几亩连成片的盛开着的油菜花田，听说居高临下看油菜花地，会有一个 Logo 造型，我猜想是两个字"洞桥"。到现在为止，她已经在油菜地里折腾了一个上午。要说种油菜相对各种农活儿来说是件比较简单的工作，她此刻下地当然不会是拿着锄头，或者农药喷壶什么的，她是托举着一只超广角的 D40 单反相机，在细窄的田埂上来回穿梭，在开满油菜花的田里不停地按快门，她的旁边是这次参加自驾游更多的同行者，他们对着某株油菜花或更多的油菜花专情地按着快门。公路上，三三两两的当地农民，站在由于我们车队经过而扬起的灰尘里，眺望那些给油菜花赋予崭新意义的忙碌着的人。

作者摄于油菜花地

　　车子继续开动的时候，与朋友一起研究那个俯拍下来的 Logo，她说是个富字，行云流水般惟妙惟肖的一个富字，代表洞桥是地处富阳，弄清了这件事这当然不能说我们已经发现了洞桥，我们还得赶到下一个香莲湖的农庄，继续我们的发现之旅。

　　一路上照旧油菜花遍地，只是没有刚才的被精心修剪设计 Logo 的那片花田大，但零零星星的油菜花田似乎也能为相机提供绝好的素材，有时会突然配有一大片桃花，如浮云般不真实地鲜红着，有时是一大片白色的梨花。我们就这样一路被一惊一乍地惊艳着。朋友在车上兴奋地翻看她捕获到的瞬间，忍不住探头去看，果然她的相机里满是斑斓的大色块，层次丰富，色彩浓烈。

油菜花走到今天，似乎到了它生命中最绚丽的一季。桃树梨树都已成为它的背景。它本来开花只为结果，却没想到有人会更钟情于它的花季。也许它不再需要结出黑黑的油籽，经历痛苦的压榨，它也不再需要流出清亮的散发清香的黏稠的液体，在被柴火烤红的铁锅里慢慢冒出一缕青烟，然后在灼热中被翻炒被搅拌直至不存在。在现阶段，它如果在今天这一季后就消失，我想人们也会认可它的全部。

当然，无论你怎么去思考它的一生，怎么去纪念它的一瞬，你怎么去宣告它已经完美，或者甚至你是为了那个 Logo 而去主宰它的初始，似乎油菜花的心中，是想好了要完成使命的，无论怎样，它要走到最后一步，变成一粒油籽。也许我们在秋天还会来这里，或者我们不再来，那片以往的油菜花，它一定会结成籽，它也一定要结成籽。我想油菜花是记得它的使命的，它是为了油菜籽而来，这样做到了，它才允许自己消失了。

我在风景如画的洞桥的公路上开着车，好像就要发现一个非常深奥的问题，猛地要和朋友说起，却不知是什么东西，也许只是个非常简单不过的常识，说不出口的发现，只是觉得自然还是非常自然，而我们自己，好像变了好多。

我生长的城市很少看得见星空。今天，行进在这个与我毫无渊源的小乡村里，终于坐在这个陌生的据说会在六月生长出神秘迷人的香莲花的湖边，我正努力地试图要发现些什么，这也许是件很徒劳的事情，我能做的，只是面向湖水坐着，任那些敏感着气候，不知被什么使命而左右着的花朵们怒放在身后，然后由着初春微温的湖面借着风一阵阵经过我的身边。

湖的对岸也有一大片的油菜花田，金黄金黄的，衬着远处有着高高低低红的白的房子的小村落，隐隐远山的背景，偶尔淡淡的炊烟，好像在说一个遥远的关于生命的故事，恩怨悲喜，起伏生死，却是一点没有声息，静静地还在继续。

又一阵风经过的时候，队里的老大突然发话，宣布将来，或不久，他将组织一个小型的萨克斯爱好者团队，来这里一起演奏一番，老大认真地征求我们对这个创意的意见。说实在的，这个我们都没有经验，我肤浅地认为这件事情和发现洞桥似乎是一件同样的事情，或者油菜花、桃花、香莲湖水会发现我们的老大，也可能是萨克斯，它们说不上会陶醉或是赞叹，或者会看到另一个生命的故事。

互相的试图发现，谁说不是个好事呢！

宽窄情绪 —— 一封来自成都的信

　　首先，请允许我在成都向你问好。

　　这次待的时间比较长，长到我很想念你和你所在的那个地方。

　　给你写信是想告诉你，成都，这个离你那么远的城市，现在，这会儿离我那么近。

　　和你说说成都的宽窄巷子吧。

　　宽窄巷子是由两条巷子组成的：一条宽巷子，一条窄巷子，平行的，都有二百米左右的长度。我去的那天天气不错，阳光充足。

　　我很想向你描述一下那里用青砖铺就的街巷，和那巷子两边各具南北特色的类似四合院的建筑，还有一些种几竿竹子，养一缸金鱼，挂着鸟笼的院子内景。那里的巷壁上有精心刻画的浮雕，展示清代老成都人在这里生活的场景，巷边有随意摆放的竹椅，坐下你就可以试着去体会成都人生活状态，总之，这是个有历史又有现代感的巷子。可是我知道你到过各种城市的历史文化街区，逛过那些现代古代混在一起的古镇，我的述说极易让你混淆了地名。不过真的没关系，作为游客，宽窄巷子就是如此，你尽可以按此想象。

　　我在弯弯曲曲的街巷里用手机拍下"宽坐""大妙"等等气宇轩昂的名字，成都人天生会取一些特别大气的名字来，也似乎会做一些看起来很低调的高调的事情，因为我根本无法确定他们是不是一个清代的古建筑的遗迹或是展厅，也许事实上，它们只是一个吃饭的地方，或许会卖些成都小吃。这样一来，我眼里宽窄巷子重要主题之一就是吃了。从对吃极致的考究，到靠一把竹椅懒散随意地把吃化于无形，这两种特性带着一定的冲击力，让我在这个地方被莫明地兴奋着。

城市生活　摄影/茅益民

　　总之，在成都我变得总是很不确定，我常常使用比如、可能、也许这些词句，因为这个城市似乎就是那么不在意我的想法，我想我是被这城里的某种空气给传染了，我的情绪应了成都人常说的一句话"不存在嘛"。

　　比如我昨天去了一个叫黄龙溪的古镇。去的路上，我就在车里认真地请教当地人一些成都麻将的具体规则，而我的成都朋友们则讨论我们到那里后是喝竹叶青还是毛尖，或者藏式砖茶里放柚子皮还是水果。我怀着这样的目的和略带着一点点兴奋的情绪出发，这和一路上的车流大潮的想法乃至这个城市的想法是比较吻合的。如果你不理解围绕喝茶、聊天、麻将、扑克而展开的一场全民旅行，那我只能不确定地告诉你，一个城市之所以称为休闲之都，并不是一蹴而就的。如果你再追问，我只能和你谈谈成都的天气了，成都几乎每天都雾茫茫的，高楼大厦林立在雾气中间，比较容易产生幻觉，当暮色代替薄雾的时候，华灯异彩又会让你晕眩。火锅冒着热气，河边麻将正酣，奢华与平庸，极致和淡然在这里就相隔一条街或明明就是"不存在嘛"，这些似乎极易使你忘记阶层，忘记财富，忘记一些我们称之为理想或者信念之类的东西。

后来，在成都午后的星巴克里，我开始翻看我在宽窄街的见山书店里买的那本叫"窄门"的书，我想作者也愿意见到像我这样一个外地人，在这样安静的一个午后，听他静静地用文字慢慢地诉说他的宽窄巷子。

他讲述宽窄巷子人文、地理，讲述那里的生活、情绪。宽窄街原是清代八旗子弟的集居地，因旗人向来富足生性散漫，宽窄街的人们也遗承了那些悠然闲静的生活状态。他讲他从小生活的这个城市的细节，讲他熟悉的宽窄街有一天在推土机轰鸣中黯然而去，令他犹如经历生死，那个重生后的宽窄街又承载了他怎样复杂无可言语的情绪。他讲一个叫羊角的人，固执地关闭着街上一个叫"庐恺"的大门，拒绝着崭新的宽窄街和像我一样茫然的游客。

"宽巷子，其实并不宽，一条坑坑洼洼的马路，蜿蜒曲折，路两边银杏树投下斑驳的影子……"这段文字似乎带着忧伤的情绪，很容易让我这样的异乡人忘记一上午在宽窄街上莫名的兴奋或浮躁，不敢再乱谈成都人的闲情逸致，居然略带哽咽地和他们一起无奈地回望历史远去的背影，生出无限的留恋和不舍来。

不知不觉，已是华灯初上，窗外的成都异常美丽。

你的城市如何？

祝：

好!

换车心情实录

当初是怎么决定要换车的？现在都想不起来了。和小夏利在一起的三年，我和它哼着CD，在城市里随心所欲地行走，小夏不怕山高路远，为我遮风挡雨。在下班高峰时，它借着身材苗条、短时加速性好的优点，和我默契配合，超奔驰、赶宝马，每次得胜而归，我轻踩着它的油门，它呼呼地回应，我们一路得意地浅笑。

也许是有一天，小夏在繁华的少年宫前莫名地熄火，害得民警叔叔为我推车，让我觉得实在是有点对不起城市交通；也许是另外一个炎热的下午，我的小夏停在烈日下，硬是把已经坐进去的我，脸上迸出几颗久违的青春痘，让我觉得事态严重；但真正让我决心与小夏分手的，可能是有一次借开了铃木的小吉普，那天上班途中竟将车开到了梅灵路上，可能是音乐太好，大概是风景太美，反正那天我觉得我真该换车了。

老公见我动了心，便把双休日闲逛的地点由商场变成了车市。他从宾利一直看到吉利，从美洲豹看到美人豹，车无巨细，乐此不疲。我被搞得昏头昏脑，于是立下几条购车简易标准：首先，车如其人，我内心比较中性一些，因此要买中性车；其次，因为小夏是三厢的传统车型，换车嘛，个性不敢说，与众不同总可以吧！按照这个目标，我开始有目的地选车：伊兰特刚柔相间，可出了展示厅怎么看

2006年作者摄于杭州

都比我的夏利大不了多少；阳光太女性化，花冠中规中矩，飞度的那个前脸……丰田的展厅里有一辆我心仪的RAV4，但价格大大超过我们的预算，说好去看特瑞的，我却站在RAV4前长吁短叹了。老公坐在特瑞里拼命喊我，让我过去看一下。"嗯，这车嘛，再短一点就好了，再宽一些，后面的门嘛也没什么用……"唉！整个在做RAV4的梦，特瑞又泡汤了。

其实呢，人有好多事是不能如愿的，如果今天我轻松拥有RAV4，那我可能更喜欢另一种我现在还想不出来的车型，可望又不可及的感觉只要存在，便是有福。想通了后，我们将那十万到二十万左右的越野车、SUV 扫了一遍，欧兰德、陆风、帕拉丁、北京吉普，等等等等，细细研究，几周下来，我发现我们已经与那些周游全国、穿着马裤、留着长发的自由职业人有着同样的语调，卖车的人也说着古怪的话，他们认为我们立即要辞职然后去西藏，或去可可西里。有一天，当一个车商与我大谈在沙漠中如何开车时，我发现我们俩的眼睛发直，面带微笑，绝对迷茫了。我想我们在吉普里迷失了自己，车是有魔力的东西，真的，别不相信。

我还是没有开着大吉普去上班。现在我开一辆豆沙色的酷派 02 款跑车，因为是豆沙色，符合中性原则，其次是老款，路上便不多，符合与众不同原则，再则价格在二十万以内，基本符合预算。现在，如果你看到龙井路上一辆豆沙包颜色的跑车，应该就是我。

现在，我和我的车非常融合，它和我穿梭在青山绿水间，在这个美丽的城市里静静地滑行，它的颜色自然地融进周围的景色，不突兀，不张扬，我想我会爱它的，它就代表了我的今天。而我的内心，仍会有一片空地，那是属于未来的，是神秘的土地，清澈的天空，是漫天的风沙，一望无际的远方……

车路宣言

那天闲得无聊，拿驾照出来看看，不得了，开车已有八个年头了。

开头几年开个小夏利，在城里东窜西逛，人、车、路是相安无事，顶多有几次用车撞了树，或者倒车时把个前面的灯剐了，其他就人车和谐。至于车与路嘛，前几年路上车没像现在那么多，我在路上经常会直线变个道，靠着路边停停车办点事什么的，如果被交警叔叔们抓住了，我将变道是为了节省城市道路空间的理论讲给他们听，语气中还不时夹着无知、悔恨、无助，一般总能大事化小，小事化了，于是本人对于车和路的驾驭凭空生出许多自豪感来。

2004年我换了现在的小跑车，虽说车好了开起来方便，动力又足，人车之间可谓皆大欢喜。可就是车路之间矛盾重重，原因在于如今马路上增设了无数个探头，我那小跑车常在灯下行，难免被留影，纵然千万般小心谨慎，也难免被人证俱获，于是，我的犯规记录每每被高高挂在网上，丢人现眼。

最早一次受罚在2004年。夜深了路上空空的，我在上塘路上变道想直行，油门一加，哪知一道闪光啊，把那条上塘路都照得雪亮，我被闪得傻乎乎地停在路中间。想想退回去也没用啊，想找个交警叔叔套个近乎也没人啊，没办法，我只好继续开车。果不其然，一个多星期后，我在网上找到了我的违规记录，几天后通知单也寄到了，乖乖去处理交了 150 大洋。

　　这后来的几年，我是左一张单子，右一张单子，有一次居然一天内在绕城西线上去一张超速，回来一张超速，之江路、之浦路等等都是机关重重啊，闯红灯发生次数不多，但古墩路上的监控器都非常"计较"，摆明跟我过不去，高高兴兴停车买件衣服，回来车上罚单一张，一年大概也得七八次违章记录，十几张百元大钞，外加扣点，差点弄得我神经衰弱。而且在信息发达的年代，我的不良

路牌　摄影／茅益民

记录网上信息共享，随时可查，单位司机比较关心我，经常有事没事上网关心一下，查了便在电梯里问我什么时候收"请帖"？他们觉得通知单就像是交警大队的请帖，认定我与交警大队关系不薄。那段时间真是灰头土脸，外加经济损失巨大。

　　吃一堑长一智，这机器可比不得人，太不讲情面了。再后来几

年我总结经验，一般有交警在岗的地方，监探器就会关闭，可以按交警提示变道，其他就得小心谨慎了；超速现象嘛用定速装置来控制，一上绕城，我就打开巡航，定好速度就不担心超速被拍；看到红绿变灯，乖乖地停车等，怕一闪又是一次心理伤害啊。这样下来，我的违规次数也渐渐少了，我也暗自定下一个目标：我今年要做一个"无违规年"。计划一定，我便在朋友中大力宣传，一方面想挽回驾车声誉，另一方面为自己施加压力。

正当计划如火如荼进行之中时，突然发生一件非吃罚单不可的事，由于我计划定得早，宣传做得好还真免了。且听：那天我陪妈我姨去农博会买便宜货，我往文二路东开，到了会展前只见车前人潮汹涌不已，根本无法找到停车位，但见大马路两边一辆接一辆地停着车，虽说我也看到了路边的黄线，心想着这叫法不责众嘛，下得车来，心安理得陪妈妈去买便宜货。

我妈为了买三十元一箱的橙子，从一楼还价到三楼，刚要付钱，我的手机响了，一接那边大叫："快！快！警察叔叔在抄牌了，我看到你那小跑车了，还有几辆车在你前面，你快去吧！"放下电话，我心里飞快地盘算了一下，三楼到一楼，再冲到大马路上，跑到我的车边，起码五百米，我最好成绩是二分不知几秒，警察叔叔还有几辆车要抄，我还是有机会的！再说150元我妈妈能买五箱橙子，跑是相当值得的！当下我扔下橙子，甩脚就跑。但现实完全不是我想象的，我的操场上满是人流，还有各种农副产品，我是左跳右跳蹦到大马路上的，只见路边一长溜的停车上都已经是警察叔叔贴着的"请帖"在飘扬了，今天交警大队可是摆鸿门宴啊！我的车还在看不见的远方，我大口喘着气心里真是又绝望又泄气，真想不管了，随你抄吧，再想想自己的计划，总要继续吧！于是再沿着车跑，终于看到了自己的车和警察叔叔了，正抄我前面一辆，下一辆就是我的。真可谓千钧一发啊！可能是我上气不接下气的样子比较可怜，警察叔叔说了句："有黄线的地方你都敢停啊！快开走！"于是急急钻进车里，迅速逃离。

一上车，立马向朋友汇报情况，他那边大笑：我是为你的计划着想啊！没想到你还真会跑。我答：计划不是滑稽，一定要说到做到。总结经验，划黄线的地方有很多车停着但你也不要去停！要完成全年计划，还需各路朋友拨电话相助！

路　摄影/茅益民

茶与咖啡

照道理讲，一个地道的杭州女人，我是该喜欢喝茶的。

其实也是爱喝茶的。每天必先泡一杯茶，手一闲，便捧着。休息日和家人朋友小聚，也是喝茶。只是茶是清苦的，没有很大的诱惑，只是要喝罢了。这似乎是与生俱来，要坐下来，总是想到茶。茶对我来说便是一种平淡而不可缺的生活，是坐在美丽的湖边，享受微风轻拂，感受湖水微漾的一种意境。

只是有时回忆袭来，轻轻闻一下手中的新茶，思绪便会穿越时空，回到那些久远的年代，回到那个河坊街边的墙门里，仿佛又有那时的喧嚣与寂静。那时的一声呼唤，一阵笑意，那时的亲人、朋友历历在目，带着那股再熟悉不过的茶的清气，弥漫在回忆的墙门里，又渐渐浮到我的现实里，我体会这种气味中的快乐与伤感，不能言传，我想我是一直会喝茶的女人了。

咖啡走进我的生活，是在高中吧，是为了应付考试，特别是考语文时，将家里的咖啡一煮（那时买的都是咖啡末），加点糖，当药般一喝，写作文时特别管用，思维活跃，屡试不爽。真正体会咖啡的香郁、咖啡的味道是在高中毕业的时候，那时杭州正好建了望湖宾馆，我的好多同学都成了望湖的第一批员工。乘便去望湖的咖啡厅坐了几次，同学为我泡了一杯咖啡，就是现在的雀巢吧，因为加

　了伴侣，觉得特别香，特别浓郁，坐在那个精致的咖啡吧里，突然
地就对咖啡产生了许多好感，原来咖啡是这样喝的，多年清苦的茶
此时就像我那个灰涩的童年，被咖啡的浓郁狠狠地撞了一下。在那
个充满着幻想的年纪，我对未来有了强烈的渴望，我要离开那个老
式的大墙门，要离开很多奇怪的想法，我想着以后攒了钱，一定要
坐在美丽的咖啡吧里，去品一杯美味的咖啡。

　　在努力奋斗的很多年里，我几乎忘了清茶的苦涩，虽然我仍习
惯地喝茶，但我从不在茶的气味中感触，我只在咖啡里找那些快乐，

咖啡店　摄影 / 茅益民

新的生活诱惑着我，那时我变成了一个爱咖啡的女人。我每天认真地喝两杯咖啡，来唤起我工作的热情，在突然出现困惑，或感到不堪重负时，我急着调一杯咖啡，咖啡带着一点点兴奋，一点点安慰，出现在有烦恼的清晨，在浑浊的午后。

今天，当我坐在湖边，试图再一次从茶的清气里去回忆从前时，我发现自己嗅到了咖啡的浓香，那些回忆因此而有了一点点的色彩，我不再对那个年代沉默，我试着说一些往事，写一些旧话，尽管有时仍有伤感，仍会有泪，但我也试着找一些快乐的旧事来，在迷人

作者摄于杭州咖啡吧

的星巴克里，向我的朋友细细描述。

　　大部分时候，我想我仍是在喝茶，那种清清苦苦的味道更适合我，好像我生来就是会喝那种苦苦的饮料，享受那种气味里的一种生活，正如享受湖边的生活一样，是最踏实而安全的。只是在一天中的某个时候，我会突然地想起咖啡的香味，那种热烈的味道诱惑着我，于是便起身去冲一杯热咖啡。茶和咖啡在我的生活里交替地存在着，快乐时的那一份恬静，淡泊中的一抹艳阳，我想我都需要。

为班级宁夏三十年同学会作

一、邀请函

十五年前，我写过同学会邀请函。那时，我还很年轻，会煽情。记得我是这样写的：我们邀请你，我们在等你，等那个坐在课桌前的你，那个一张白纸的你。

可是就在那天晚上，我再一次想要写一封热情洋溢的信件来邀请你时，再也找不到想象中那一张白纸的你了。我看到你浑身上下五彩斑斓，游走在商干校的宿舍、课间、食堂，你蹿来蹿去，把那条教工路弄得荷尔蒙乱飞。你写出乱乱的情书，遗失在杭州潮湿的空气里，又把收到的暧昧悄悄地压到枕边，因为一场球赛你把脸盆扔出窗户，一言不合就把上铺的床板踢破，又傻到会撑着伞站着看完一场露天电影，还很无厘头找个老师与他作对，神情诡秘地去密谋一次逃课。

我的想法与十五年前大相径庭，这与我当时所处环境有很大关系，丽水松阳云上平田的谷地露台果然是个非凡之地。那个晚上，我和一小撮同学红酒配虾米，把那个懵懵懂懂的青春年代搞得异常鲜明，倒是以后的三十年，渐渐模糊得像一张白纸，我也尝试让大家回忆下这长长的三十年都做了些什么，总归该有些死去活来的爱情，跌宕起伏的历程，可和那几个醉掉的人在一起，注定一片空白什么都想不起来。如果那时有个电话进来，叫我"妈……"，我肯定会大惊失色。"这位先生，请问您是哪年生人？您贵姓啊？"那可真是个月黑风高的晚上啊！

你就这样生龙活虎地生活在 1985 到 1987 的岁月里，留给了那个晚上的我们，你的同学们无数记忆的碎片。如今，他们就要展翅而来，带着你当年的荷尔蒙气息，还有惊天的秘密，无数细节，他们个个口无遮拦，风淡云清，想必你现在也能虚怀若谷照单全收，但若是你还真被某个情节激光闪电般击中，那就恭喜你获得三十年不遇人生之最佳体验。这样的体验，极其奢侈，无比珍贵，唯有宁夏银川之地，同学的羊肉美酒才能消化。

来吧，来吧！我们一醉方休！

二、久别重逢

六月底傍晚的杭州，空气湿热潮闷，杭州中山中路上的青石板渗出了水来。我、朱健、练荣辉从奎元馆面店出来，随着人流一路走。练荣辉说，读书的时候，他就记得奎元馆的面好吃，我们停下来一齐问他："今天呢？还好吃吗？"他欲言又止。也是，怎么会一样呢？重温一份三十年前的滋味又谈何容易。

此番三人同学会前小聚，实在是为了朱健，因为就在同学会筹备的前半个月，她就已经决定不去了，明天将要出发，不免想着与她道别一下。行至人流拥挤处，三人驻足，各道再见。走出去了再回头，看见朱健仍在原地，河坊街灯影飘忽，她素衣长发，人群穿梭不止。

就在银川河东机场看见胡毓文那一刻，或者就在杭州机场见到周益敏、吴丹君、钟霞那时，要么再早一点，就是前晚整理行李的时候，我已经抛却了那个傍晚带给我闷闷的失落感，宁夏的阳光干燥热烈，陌生的土地熟悉的笑脸，我没有理由因为朱健没来而失落惆怅。

会议是在 6 月 24 日下午三点正式开始的。就在会议开始的前奏，楼国华同学要求把会议室光线调暗，这样，我们就一个一个在静静的黑暗里看他为我们制作的一个小视频。

原来吕立会作词。视频里第一篇就是他的词作。他们说他朋友圈里每天都会有新词，那些词博古通今被点赞无数。一个三十年前小小的男生，什么时候就开始了挥笔吟诵？我努力回想他在学校的模样，可记忆里只是某年秋天他来杭，我们聚在满觉陇桂花树下那一瞬。那天，天色太晚，桂香太浓，因为光线太暗，照片里的我们笑容模糊。

练荣辉在学校时就会摆弄高端电子产品，我下定决心游玩期间跟着他争取多拍几张照片，可他居然在视频里像模像样地唱起了歌。他唱得有点专业，深情继而煽情，明显排练过无数遍。我就说这人城府太深，亏得前晚我们还请他吃奎元馆上等虾爆鳝，他竟守口如瓶，绝口不提这段剧情。

2017 年 6 月宁夏沙坡头卷起了漫天黄沙

樊志宏性情原来如此！我大吃一惊！当然，话说回来，再怎么吃惊也比不上三十年前他带走我们班花那一惊。三十年来我偶然、有时也会去想这个重大的问题，在我混沌未清，情窦没开这两年，这男孩竟使了哪般招数，有勇有谋，终是抱得美人归。瞧他现在吊着嗓子唱得也没比练荣辉好多少嘛，只是他在最后，唱到结尾部分，大喝一声"鼓掌"！还料事如神般在几秒后喊"停"！又喊"鼓掌"再来一句"停"！这男人哪来这般童心，憋着劲唱完"把我最好的爱留给你"。总之我觉得那时被他感染，傻得有点可以，发呆似的配合着他，一会儿鼓掌，一会儿停，后来居然还稀里哗啦哭了起来，这是咋整的啊，怪不得当年吴群架不住！

陈文晶出场了。很多年来，我们一直在一起。那天她说她打了很多电话，她邀请每一个人来。不来的同学，她请他们制作视频，说段话给同学们看，她做事总是那么勤勤恳恳。后来她还大热天的，走到教工路的天桥上，拍下原来的母校录像，她一路拍一路碎碎念，细细地展示在会场上。我问旁边的同学，陈文晶学校里是啥样的？那人干脆："一个不言不语的小女生呗！"我真是想不起来了，要知道这三十年来，我印象里的陈文晶可不是不言不语的，她在毕业后的8506，不论是网上线下，可谓统揽大局，一呼百应。

后来，视频里张勇开始朗诵诗歌了，他普通话不准，幸好他那播音系的儿子帮忙，总算把那首诗念得回肠荡气，最后一句他从儿子口中接过来"宁夏，我——来——了"念得五音不准，平翘舌不分。不过这熟悉的腔调再经视频制作人配上了激烈的画面，终于把暗暗的会场情绪推上高潮。画面上，一辆辆飞驰的汽车正一路穿过浙江纵横交错的高速公路、大大小小的跨海大桥，正载着 8506 的同学们从浙江的各个地区向机场汇聚，后来，画面切换成飞机，一架一架，穿透云层，朝阳里，夕阳中，飞向了宁夏。

音乐选得如此激昂，情绪此时也濒临高潮，那架飞机正载着我们，飞向那片我们三十年来念念不忘的土地。我们会去沙坡头、贺兰山、水洞沟，那里黄土风沙、蓝天白云，那里俗称塞上江南，田野一望无际，那里，更是与我们朝夕相处两年，二十个同学的家乡。三十年来，他们曾无数次这么热切地邀请着我们，如今他们张开双臂，就在机场要与我们深深拥抱。一时间，画面里礼炮齐放，同学们一齐倒数，同学会就这样开场了。

邰苏当了主持人，那个当年学校的播音员，还是那么细声细语，把握着会场一触即发的情绪。窗帘拉开，灯光放亮的时候，我正身处 38 位同学汇聚的 8506 班真实氛围中，他们一个个被催眠了似的，上台来说一些小孩子的话，说的人浑然不觉，听的人涕泪纵横。这是一场什么样的会议啊，你无法想象你会有如此魅力，你又有多么重要。几千公里路程，他们变换着汽车、火车、轮船、飞机，一个一个风雨兼程，只为与你、为你、配合你，来纪念你的青春，纪念你走过的三十年。他们如此率性，如此执着，如此的付出值得你真心感激，永铭不忘。如今，你坐在这里，一切恍若昨天，身边的他们一如青春少年。

是的，朱健也会为你而来。我可猜不到是什么让她改变了主意，就在沙坡头的沙漠卷起漫天风沙的时候，我收到她的短信，她已到达，入驻柏熙酒店。她说她已在被精心布置的同学会的会场里，她说她在那块大幕布前拍照留影，她说幕布里有我有她，她说她好想挥笔签下她已到达，只是会议未开你们没到。

我急匆匆地从灵武赶赴银川与她会合。推开酒店房门的一刹，朱健长衣飘飘，我却一身黄沙，我们竟如此相见，恍若久别重逢。

后记：清河坊女子

20世纪90年代末，杭州市政府改建了吴山广场一带的清河坊，打造了现在的河坊街历史街区。

一时间，街道里曲曲折折的河道被纷纷地填上了混凝土，浇上了柏油，一座座青石板拱桥被拆走。慢慢地，街道变得宽大平坦，行人和举着小红旗的旅行团络绎不绝，他们停在胡庆余堂这里，方回春堂那里，讲解保和堂（俗称许仙药店）、叶种德堂、颐香斋的前世今生，听得游客和我们都目瞪口呆。总之，小时候蹿进蹿出的巷子墙门，买话梅云片糕的小店，吃烧麦的羊汤饭店，原来那么历史悠久，底蕴深厚。

杭州城市渐渐扩大，崭新而美丽。外婆家族的女孩子们纷纷长大，渐渐远离了城市的中心。表姐有一次和姐夫斗嘴，几个回合下来有点底气不够，突然蹦出一句："你不要弄错，我是清河坊女子，我怕谁？"表姐的高颜值据说得益于墙门内那口古老清甜的井水，一路班花、校花、厂花过来。脸一抬，话一出，辽宁籍姐夫居然嘿嘿干笑两声，举手败下阵去。

她立即以大姐大的身份把这话以及产生的神奇效果都传给我和表妹，让我们以备不时之需。

表妹后来去西泠印社面试，也顶着外婆家族颜值基因，按表姐描述,清河坊女子,都是"月亮米(眉)毛,桂圆眼睛,洋葱白(鼻)头",这个在表姐年代的大脸盘美女标配,到了表妹面试那年当然是派不上用场了,她被面试官问得情急之下,大声说道:"我是清河坊女子!"面试官又不是姐夫,不过倒是停下问她有什么不同之处。表妹在墙门里混的时间比我们都长,她脱口而出"我们和童大年家是邻居"。这位早已作古的老先生可是西泠印社早期资深社员,知道的人并不多,表妹一口一个童奶奶,小小年纪将童老先生艺术造诣与市井生活说出一二,面试官们个个肃然,她于是顺利过了一关。

作为清河坊女子的成功案例我都没有实践过,我最大的成就感就是挑战如何最迅速从吴山脚下穿过整个清河坊到我家住的梅花碑,其间每一条小巷、每座小桥都清清楚楚,如果我躲起来,同去的小伙伴们注定会在迷路的巷子里哇哇大喊我的名字。

2020年2月,树木花草冬眠未醒,西湖湖水清灰冷峻,此时正值武汉大疫,举国封家闭户静等春回。

我那么没有底气,整理着我的文稿。文字未脱笨拙,描述也欠功底,可我还是想要出这样一本书。

情急之下,我想起还有这么一招,于是我稍稍直起点腰背,提高一点点声音,告诉大家:"我是个清河坊女子!"

读者里没有姐夫,更不会有面试官,可是我期待你们宽容地放下书本,问我,那你说说看,你是怎样的清河坊女子呢?

我那么急切要描述那片复杂、曲折的河道,我那么驾轻就熟,可甩小伙伴几条巷以外。可记忆模糊起来,那个模糊漫延开来,我甚至想不起端着粉彩盖碗的童家奶奶的模样，记不起有个姿态优雅被唤作大姐姨娘的女人，她是如何显赫身家又流落在这个墙门里。还有，墙门最里面有个张奶奶，儿子做苦力，我不记得他们每天为了什么大吵大闹。

我只是每日深深睡在外婆的大床里面，与墙门里的一户户一家家近在咫尺，他们或是喁喁低语，间或悲喜交错，不同阶层、不同气质、不同的脾气、不同的长相。我不知道为什么我醒来的时候，总是第一眼看见老外婆带着皱纹的笑脸，还有回家路上由爸爸背着，在拐角的食品店从他倾斜着的肩膀后面挑选食物，那么多好吃的，为什么我却总是选一包话梅。也许，我只想告诉你，我在那里度过了最珍贵的童年，那时，亲人皆在身边，我曾被精心养育，温柔呵护。

那时墙门陈旧简陋，生活清苦，往事依稀无从考证。

……实在是我离开太久了。